Приключения Алисы в Стране Чудес

Приключения Алисы в Стране Чудес

Alice's Adventures in Wonderland in Russian

Льюис Кэрролл

Иллюстратор
Джон Тенниел

Перевела на русский язык
Нина Демурова

Переводы стихов:
Самуил Маршак, Дина Орловская,
и Ольга Седакова

With Notes by
Victor Fet

evertype

2020

Издательство/*Published by* Evertype, 19ᴀ Corso Street, Dundee, ᴅᴅ2 1ᴅʀ, Scotland. *www.evertype.com*.

Приключения Алисы в Стране Чудес (Prikliucheniia Alisy v Strane Chudes). Название произведения в оригинале/*Original title*: *Alice's Adventures in Wonderland*. Автор/*Author*: *Льюис Кэрролл*/Lewis Carroll. Первое издание: Лондон, Макмиллан & Компания/*First edition London*: Macmillan & Company, 1865.

Перевод/*This translation* © 1978-2020 г. Нина Демурова/*Nina Demurova*.
Перевод стихов на с. 46–49, 100–101 © 1967 г. наследники Самуила Яковлевича Маршака, на с. 5–6, 30, 60, 103, 105, 120 © 1967 г. наследники Дины Григорьевны Орловской, на с. 19, 71–72, 106–107, 110 © 1978 г. Ольга Александровна Седакова.
Translation of poems on pp. 46–49, 100–101 © 1967 Estate of Samuil Yakovlevich Marshak, on pp. 5–6, 30, 60, 103, 105, 120 © 1967 Estate of Dina Grigor'evna Orlovskaya, and on pp. 19, 71–72, 106–107, 110 © 1978 Olga Alexandrovna Sedakova.
Издатель/*This edition* © 2020 г. *Майкл Эверсон*/Michael Everson.

Редактор-консультант/*Advisory Editor* Виктор Фет/*Victor Fet*.

Нина Демурова подтверждает, что согласно Закону об авторском праве, промышленных образцах и патентах 1988 г., ей принадлежит авторство перевода этого произведения
Nina Demurova has asserted her right under the Copyright, Designs and Patents Act, 1988, to be identified as the translator of this work.

Издание первое/*First edition* 2020 г.

Все права защищены. Запрещается воспроизведение, хранение в поисковой системе, а также передача произведения или его части в любой форме посредством электронных, механических, фотографических копий, записей или любым другим способом без предварительного письменного разрешения Издателя, за исключением случаев, предусмотренных законом, или по соглашению с соответствующей организацией по охране прав на копирование и тиражирование.
All rights reserved. No part of this publication may be reproduced, stored in a retrieval system, or transmitted, in any form or by any means, electronic, mechanical, photocopying, recording, or otherwise, without the prior permission in writing of the Publisher, or as expressly permitted by law, or under terms agreed with the appropriate reprographics rights organization.

Каталожная запись этой книги доступна в Британской библиотеке.
A catalogue record for this book is available from the British Library.

ISBN-10 1-78201-280-X
ISBN-13 978-1-78201-280-1

Гарнитура De Vinne Text, Mona Lisa, ᴇɴɢʀᴀᴠᴇʀs' ʀᴏᴍᴀɴ, и *Liberty*. Набор Майкла Эверсона.
Typeset in De Vinne Text, Mona Lisa, ᴇɴɢʀᴀᴠᴇʀs' ʀᴏᴍᴀɴ, and Liberty by Michael Everson.

Иллюстрации/*Illustrations*: John Tenniel/*Джон Тенниел*, 1865.

Обложка/*Cover*: *Майкл Эверсон*/Michael Everson.

Предисловие

Перевод *Алисы в Стране Чудес*, созданный Ниной Михайловной Демуровой (Кэрролл, 1967, 1978), стал классическим для нескольких поколений русских читателей и переиздавался более 200 раз. Переводчица—которая является также крупнейшим специалистом по творчеству Льюиса Кэрролла—сама подробно объясняла сложную историю этого перевода и его принципы (Демурова, 1970, 1978; Demurova, 1995).

Существуют два основных варианта перевода Демуровой (каждый был впервые опубликован совместно с её же переводом *Алисы в Зазеркалье*). Первый, так называемый «болгарский» перевод (Carroll 1967),[1] опубликованный в Софии (Болгария), был в основном рассчитан на детей. Второй, значительно переработанный, «академический» вариант (Carroll 1978) вышел в Москве, в главном советском академическом издательстве «Наука», в составе престижной серии *Литературные памятники*. Издание 1978 г. сопровождалось частичным переводом комментариев Мартина Гарднера (из его книги *Аннотированная Алиса*) и другими материалами. Демурова (1970) объясни-

---

1   See the Bibliography on p. 144.

ла и обосновала многие из принципов перевода, использованных в «болгарском» издании, в особенности выбор имен персонажей, передача игры слов и пародийных стихов. Многие из этих решений впоследствии были изменены. В своих комментариях к «академическому» переводу Демурова (1978) подробно объяснила, как и почему были произведены эти изменения. Например, кэрролловский *Mock Turtle* (буквально, *Фальшивая Черепаха*) в 1978 г. был назван *Черепаха Квази*. В раннем «болгарском» варианте этот персонаж именовался *Подкотик*. (В данном случае изменение потребовалось еще и потому, что в издании 1978 г. были воспроизведены классические иллюстрации Джона Тенниела.) Два варианта значительно отличались и в выборе пародийных стихов. Оба варианта, но наиболее часто «академический» перевод, многократно переиздавались. В опубликованных текстах существует много мелких разночтений, поскольку сама Демурова постоянно редактировала перевод на протяжении почти 40 лет.

Наше переиздание классического перевода Н. М. Демуровой связано с текущим проектом издательства «Эвертайп» по использованию этого русского текста как *основы для «вторичных» переводов*. Мы занимаемся поиском переводчиков «Алисы» на новые, в том числе неславянские, языки, на которых говорят в России и её окрестностях; многие из этих языков—редкие и исчезающие (большинство из них—тюркские). Найденные нами переводчики, как правило, являются лингвистами высокой квалификации, прекрасно знающими родной язык. Все они также отлично владеют русским, который по-прежнему служит как *lingua franca* для коммуникации в пределах былой империи; не все из них, однако, хорошо владеют английским.

Мы разработали схему и принципы такого «вторичного» перевода, а также подробные советы для переводчиков.

Проект оказался чрезвычайно успешным. Начиная с 2016 г., опубликовано десять переводов согласно этой схеме на следующие языки: алтайский (Carroll 2016b), башкирский (2017c), кабардинский (черкесский) (2020), карачаево-балкарский (2019), кыргызский (2016a), коми-зырянский (2018a), хакасский (2017b), цыганский (севернорусский диалект) (2018c) и шорский (2017a). Ещё два перевода (якутский и хантыйский) находятся в печати, и ожидаются дальнейшие. Большинство переводчиков использовали в качестве основы русский текст Н. М. Демуровой.[2]

В успехе нашего проекта мы видим дань уважения классическому переводу Демуровой. Нашей культурной миссией является пересоздание бессмертного классического произведения на редких языках, часто находящихся на грани выживания. Мы старались предоставить новым переводчикам русский текст, который был бы наиболее близок к английскому оригиналу. В мае 2017 г. Нина Михайловна любезно дала нам разрешение на переиздание её перевода и его использование как основы для переводов на новые языки. Мы использовали один из последних вариантов «академического» перевода, который редактировала сама Н. М. Демурова (Carroll 2016c).

Перевод такой книги, как *Алиса в Стране Чудес*, с её постоянной игрой слов—чрезвычайно сложная задача; зачастую необходимо найти эквиваленты каламбурам Кэрролла, или даже переделать значительный фрагмент текста для того, чтобы передать игру слов (Демурова, 1970, 1978). Чтобы помочь переводчикам в этой нелёгкой работе, мы определили в тексте ряд мест, для которых мы обсуждаем с переводчиками текст английского оригинала и проводим консультации с целью создания игры слов на

2 Только хакасский перевод был основан на русском тексте А. Щербакова (1977)

языке перевода, которая не была бы простым переводом русского текста Демуровой.

Проводя подробное сравнение текста русского перевода с английским оригиналом, мы обнаружили ряд отклонений, которые были откорректированы в данном переиздании. Сама Н. М. Демурова постоянно редактировала свой перевод на протяжении многих лет, и в опубликованных текстах существует много разночтений. При тщательном анализе текста мы нашли некоторые довольно существенные отклонения от текста Кэрролла, либо из-за пропуска нескольких слов (например, чтение Королём текста обвинения Валета, p. 122), либо из-за неверной интерпретации сложных действий (например, движение ноги Алисы в дымоходе в доме Белого Кролика, p. 43). Иногда в переводе был очевидно смещён фокус; например, когда Алиса перебирает в уме «всех знакомых детей» ("all the children she knew"), в переводе Демуровой употребляется слово *подружек*, однако более нейтральным вариантом будут слова *всех знакомых девочек*.

В наших примечаниях, приведённых в конце этой книги (Notes, pp. 126–143), дан подробный список всех изменений, внесённых в текст. Эти примечания рассчитаны на всех, кто интересуется переводом вообще, и переводом Демуровой в частности. Мы приводим текст английского оригинала, текст Демуровой, предложенное нами изменение и его обратный перевод на английский. В некоторых случаях мы опирались на перевод Юрия Нестеренко, недавно опубликованный издательством «Эвертайп» (Carroll 2018b), который максимально (и часто буквально) приближен к английскому оригиналу.

В основном мы прибегали к изменениям в следующих случаях:

- *неточности*, например: море слёз > озеро слёз (см. Note 5); подружек > всех знакомых девочек (см. Note 8);

- *пропуски или сокращения в тексте*, например: Кажется, уже не совсем я! Вот загадка! > Кажется, уже не совсем я! Но если я—это не я, то кто же я такая в таком случае? Вот уж загадка так загадка! (см. Note 7); Бедные мои усики! > Бедные мои шёрстка и усики! (см. Note 13);

- *восстановление повторов*, например: «Выпей меня» (см. Note 2); «яд» (см. Note 3);

- *реорганизация текста*, например, в порядке строк почтового адреса (см. Note 6).

Все подобные изменения производились с чрезвычайным вниманием и уважением к тексту и выбору Демуровой. Мы не меняли ничего в именах персонажей (кроме удаления прилагательного «Синяя» из имени Гусеницы), в пародийных стихотворениях или в игре слов.

Мы не удаляли никаких дополнительных, намеренно добавленных переводчиком предложений и образов. Внесённые нами изменения не должны рассматриватся как критические поправки, сделанные для улучшения стиля перевода и выбора Демуровой, независимо от разночтений в текстах различных переизданий, их направленности на определённую группу читателей, и т.д. В то же время, поскольку мы провели тщательное текстологическое сравнение русского перевода с английским оригиналом, настоящее издание является несколько более «точным» с точки зрения издательства «Эвертайп», которое на данный момент имеет опыт публикации переводов *Алисы* на более чем 80 языков и диалектов мира. Это имеет значение при использовании данного текста как основы для «вторичных» переводов на неславянские языки бывшего СССР.

В пунктуации текста мы не использовали тире для прямой речи, как принято в современных изданиях на русском языке. В целях графической имитации текста XIX века, мы используем только кавычки (французские «ёлочки», « ») как для речи, сказанной вслух, так и для внутреннего монолога. Для цитат внутри прямой речи используются вложенные кавычки (немецкие «лапки», «„ "»). Разбивка на абзацы следует английскому тексту Кэрролла. Кроме того, мы проследили за использованием запятых и точек вместо восклицательного знака; по нашему мнению, утверждения Алисы (в том числе типичные английские understatements) зачастую лучше передаются через менее эмоциональную пунктуацию.

Наконец, мы использовали русскую букву *ё* везде, где это требуется.

Мы глубоко благодарны Нине Михайловне Демуровой за её постоянное внимание к нашей работе на протяжении многих лет. Мы также благодарим Нину Аловерт, Марка Бурстина, Августа Имхольца, Клэр Имхольц, Сергея Камышана, Сергея Курия, Джона Линдсета, Андрея Москотельникова, Байрона В. Сьюэлла, Викторию Дж. Сьюэлл, Галину Фет и Николая Формозова за их постоянную помощь и поддержку.

Блестящий перевод Нины Демуровой, опубликованный более 50 лет назад, позволил многим поколениям детей и взрослых прочесть *Алису в Стране Чудес* по-русски.

Мы посвящаем это издание 90-летнему юбилею Нины Михайловны, 3 октября 2020 г.

Майкл Эверсон, Данди
Виктор Фет, Хантингтон

О переводе стихов

Нине Михайловне Демуровой принадлежит перевод только прозаического текста Кэрролла. Вставные стихи в тексте этого перевода *Алисы в Стране Чудес* принадлежат трём русским поэтам: Самуилу Яковлевичу Маршаку (1887–1967), Дине Григорьевне Орловской (1925–1969) и Ольге Александровне Седаковой (р. 1949).

В первый, «болгарский» перевод (1967) были включены три стихотворения в переводе Маршака: *«Папа Вильям»*, *«Морская кадриль»* и *«Дама Бубён»* (все они также публиковались ранее). Все прочие стихотворения были переведены Диной Орловской. Поскольку этот вариант текста был гораздо более «одомашнен», чем последующий, в некоторых случаях Орловская сочинила собственные пародийные стихи. Самое первое стихотворение, которое пытается вспомнить Алиса (у Кэрролла, *"How Doth the Little Crocodile"*), было заменено великолепной пародией на *«Дом, который построил Джек»*, известнейшее английское стихотворение в переводе С. Я. Маршака. На маршаковских переводах народной английской поэзии, впервые опубликованных в 1923 г., выросли поколения детей, и их использование как основу для пародии в тексте перевода Кэрролла было прекрасным решением, которое подробно обосновала сама Демурова (1970).

Другим интересным решением Орловской было перевести и включить в текст восемь строк стихотворения Роберта Саути *"The Old Man's Comforts and How He Gained Them"* (1805), которое пародировал Кэрролл в стихотворении *«Папа Вильям»*; эти строки были «подогнаны» под перевод Маршака.

Песня Болванщика (*"Twinkle, twinkle, little bat"*) была заменена четырьмя строками замечательной пародии *«Вечерний слон»* (на известную всем старинную русскую песню *«Вечерний звон»*). Также подверглась замене песня Фальшивой Черепахи о черепаховом супе; поскольку в «болгарском» варианте этот персонаж носил имя Подкотик, Орловская написала для него собственный текст, *«Чудная муфта»*.

В «академическом» варианте (1978, 2016), который воспроизведён в нашем переиздании, Демурова отказалась от «одомашнивания» и заменила несколько стихотворений на пародии, более близкие к английскому оригиналу. К сожалению, Д. Г. Орловская умерла в 1969 г., и четыре стихотворения для «академического» перевода были написаны заново О. А. Седаковой. Это были новые варианты *«Как дорожит своим хвостом...»* (*"How Doth the Little Crocodile"*), *«Ты мигаешь, филин мой...»* (*"Twinkle, twinkle, little bat"*), а также песня *«Еда вечерняя»* (*"Beautiful Soup"*), которую пел в этом варианте Черепаха Квази. Седакова также написала четверостишие *«Дама Червей»* (*"The Queen of Hearts"*), которое заменило старый перевод Маршака *«Дама Бубён»*.

Кроме того, в своих комментариях к «академическому» тексту 1978 г. (которые не воспроизводятся в нашем издании), Демурова поместила новые переводы, сделанные

Ольгой Седаковой, оригиналов стихотворений, которые пародировал Кэрролл (так же, как сделала Орловская в 1967 г., переведя фрагмент стихотворения Роберта Саути).

Ольгой Седаковой, оригиналов стихотворений, которые пародировал Кэрролл (так же, как сделала Орловская в 1967 г., переведя фрагмент стихотворения Роберта Саути).

Foreword

Nina Mikhailovna Demurova's translation of *Alice's Adventures in Wonderland* became the canonical text for generations of Russian readers and has been reprinted over 200 times. The translator—who is also a pre-eminent Carrollian scholar—herself explained the complex history behind this translation and its main principles (Demurova 1970, 1978, 1995).

Two major versions of Demurova's Russian *Alice* exist, each originally published under the same cover with her translation of *Through the Looking-Glass*. The first, the so-called "Bulgarian" version (Carroll 1967)[3] was published in Sofia, Bulgaria, and was mostly aimed at children. The second, quite modified, so-called "Academic" version (Carroll 1978) was published in Moscow by Nauka, then the foremost academic publishing house in the USSR, as a part of the prestigious series *Literaturnye pamiatniki* (*'Literary Landmarks'*). The 1978 edition was supplied with a partial translation of Martin Gardner's commentary, taken from *The Annotated Alice*. Demurova (1970) explained and justified many of her "Bulgarian" choices, especially those

3   See the Bibliography on p. 144.

regarding character names, puns, and parody poetry. These choices, however, have been significantly changed later; in her exhaustive commentary to the later, "Academic" version, Demurova (1978) explained in detail why and how the modifications were made. For example, the Mock Turtle's name was changed to *Черепаха Квази* (*Cherepakha Kvazi* 'Quasi-Turtle') in 1978. In the "Bulgarian" version this character had been called *Подкотик* (*Podkotik* 'Fake Seal') but this choice could not be retained since the 1978 edition reproduced John Tenniel's illustrations. The translations of parody poetry differed significantly between the two versions as well. Both versions, but most commonly the "Academic" one, have been reprinted, and there were many subsequent, slightly divergent variants, as the text was constantly edited by Demurova herself over almost 40 years.

This new edition was inspired by our success in recruiting a number of translators living in and near the Russian Federation to embark upon translations of *Alice* into their own languages. Most of these are Turkic languages, and many them are rare and endangered. One of our goals in reprinting Demurova's translation is related to the Evertype initiative to use her Russian text as a *template for secondary translations*. Most of the translators that we engaged are highly skilled linguists with a great command of their native language; all of them have Russian—still the *lingua franca* of their erstwhile empire—as their first language; however, not many are well-versed in English.

We devised a scheme and principles for such secondary translation and used it to advise the translators. The initiative has been very successful: since 2016, ten translations emerged following this scheme: Altai (Carroll 2016b), Bashkir (2017c), Kabardian (2020), Karachay-Balkar (2019), Khakas (2017b), Komi-Zyrian (2018a), Kyrgyz (2016a), North Russian Romani (2018c), and Shor (2017a);

two more—Khanty and Yakut—are in press, and more are expected. Most of these translators agreed to use Demurova's text as their template.[4] We see that success as a tribute to Demurova's classic work, and a cultural mission that aims to deliver the ageless classics to surviving and struggling languages.

We strove to give the new translators a text that would be as close as possible to Carroll's original. We received Nina Mikhailovna's permission to reprint her translation and use it as a template for new, secondary translations, in May 2017, and we based the template text on one of the most recent versions of the "Academic" translation, which Demurova corrected herself (Carroll 2016c).

Translating a book like *Alice*, with its word play and puns, is a difficult task. Often a pun has to be re-cast, or even a whole section re-written, in order to make it work. To assist the translators, we identified a number of vignettes for which we judged it to be useful to the translators to explain the English originals, so that they could base their puns on those, rather than on another translator's solutions. Of course, this is not to say that Demurova's choices were not superb—it's just an approach to the problem of translation from a secondary rather than a primary text.

In comparing Demurova's translation to Lewis Carroll's text, we did observe a number of anomalies, which have been addressed in this new edition. Demurova produced a variety of texts over the years, with minor adjustments here and there. In approaching this text carefully, we discovered a number of instances where it deviated markedly from Lewis Carroll's original due to omission of certain words (such as the King's reading of the Knave's accusation, p. 122), or to misinterpretation of complex situations (such as the move-

---

4 Maria Çertykova preferred Alexander Shcherbakov's Russian translation (1977) as a template for her Khakas translation.

ment of Alice's foot the White Rabbit's chimney, p. 43). Sometimes the translation had a focus not present in the original, as where Alice thanks about "all the children she knew"; Demurova had translated this as *подружек (podruzhek* 'girlfriends'), but *всех знакомых девочек (vsekh znakomykh devochek* 'all the girls she knew') is a more neutral translation.

A listing of the alterations made is given in the Notes at the end of this book pp. 126–143), for the interest of students of translation in general, and of Demurova's translation in particular. There, we provide the original English text, Demurova's text, the suggested change, and its back-translation into English. In a number of cases, we relied on a recent translation by Yuri Nesterenko (Carroll 2018b), which was published by Evertype and tends to be much more literal than most other published Russian translations of *Alice*.

The following types of alterations were made:

- *Imprecision or inaccuracy*: e.g. море слёз > озеро слёз (see Note 5); подружек > всех знакомых девочек (see Note 8);
- *Omissions and abbreviations*: e.g. Кажется, уже не совсем я! Вот загадка! > Кажется, уже не совсем я! Но если я— это не я, то кто же я такая в таком случае? Вот уж загадка так загадка!». (see Note 7); Бедные мои усики! > Бедные мои шёрстка и усики! (see Note 13);
- *Restoration of repetition*: e.g. "Выпей меня" (see Note 2); "яд" (see Note 3);
- *Reorganization*: e.g. the postal address follows Carroll's order (see Note 6).

The alterations we introduced were made with great respect to Demurova's choices. We did not offer any changes to the original names of characters (apart from the removal of the adjective "Blue" from the Caterpillar's name), parody poetry, or puns, nor did we remove any sentences or imagery deliberately added by the translator.

None of these alterations should be considered a criticism of the readability or suitability of Demurova's choices, whether in her first translation or in subsequent revisions, given changes in her thinking, in the intended audience of the different editions, and so on. But the present edition, having been compared closely with the original text, is just a bit more "accurate", which, as it is a text being used as a basis for translations from non-Slavic languages of the former USSR, is "better" from the point of view of Evertype, which has, as of this writing, published *Alice* in over eighty languages.

With regard to punctuation, we have not used the quotation dash, but rather traditional quotation marks, « », for both spoken and silent speech, to imitate a graphic image of a nineteenth-century text. Also, we used the «„ "» style of nested quotation marks, as it is quite convenient for a text like this; the quotation dash style is less precise. Paragraph breaks follow Carroll's own usage. Carroll's choice as to the use of exclamation marks *vis à vis* commas and full stops has also been taken into account. Sometimes Alice's understatement is best expressed by a less emphatic punctuation mark.

In terms of orthography, the Russian letter *ё* has been used throughout where appropriate.

We thank Nina Mikhailovna Demurova for her kind attention to our work. We also thank Nina Alovert, Mark Burstein, Sergey Camyshan, Nikolay Formozov, August Imholtz, Jr., Clare Imholtz, Sergey Kurii, Jon Lindseth, Andrey Moskotel'nikov, Byron W. Sewell, and Victoria J. Sewell for their constant help and support.

Nina Demurova's brilliant work has brought Lewis Carroll's *Alice* to many generations of children who read Russian.

We dedicate this publication to Nina Mikhailovna's 90th birthday—3 October 2020.

Michael Everson, Dundee
Victor Fet, Huntington

A Note on the Verse Translations

$\mathcal{D}$emurova only translated Carroll's prose text. All of the poems in Demurova's *Alice* translations were translated by three Russian poets: Samuil Marshak (1887–1964), Dina Orlovskaya (1925–1969), and Olga Sedakova (b. 1949).

In the first, "Bulgarian" version (1967), Demurova's *Alice* text included three of Marshak's translations: *"Father William"*, *"The Lobster Quadrille"* and *"The Queen of Hearts"*, all of which had been previously published. The other poems were translated by Dina Orlovskaya. Since this version was highly domesticated, in some cases Orlovskaya inserted her own replacement texts. *"How Doth the Little Crocodile"*, the first poem recited by Alice, was replaced by an endearing parody of Marshak's Russian translation of an English nursery rhyme *"The House That Jack Built"*, quite familiar to Russian readers. As generations of Russian children grew up reading Marshak's translations of English nursery rhymes (first published in 1923), to parody those in *Alice* was an ingenious choice discussed by Demurova (1970,

1978). In another interesting move, Orlovskaya translated and added to the text eight lines of Robert Southey's original poem *"The Old Man's Comforts and How He Gained Them"* (1805) that Carroll parodied in *"Father William"*, shaping these lines after Marshak's translation.

The Hatter's song *"Twinkle, twinkle, little bat"* was replaced by four lines of *"Вечерний слон"* (*"Vechernii slon"* 'The Evening Elephant'), an endearing parody of the classic Russian song *"Вечерний звон"* (*"Vechernii zvon"* 'The Evening Bells'). The Mock Turtle's song was also replaced; instead of *"Beautiful Soup"*, Orlovskaya invented *"Чудная муфта"* (*"Chudnaia mufta"* 'The Beautiful Muff'). This imagery corresponded to the *Подкотик* (*Podkotik* 'Fake Seal'), the character that replaced the Mock Turtle.

In the "Academic" version (1978, 2016) used in the present volume, Demurova removed the domesticated parodies and included poetry translations that were closer to Carroll's text. As Dina Orlovskaya died in 1969, four poems for this text were written by Olga Sedakova who offered new, non-domesticated versions of *"How Doth the Little Crocodile"*, *"Twinkle, twinkle, little bat"* and *"Beautiful Soup"* (since the Mock Turtle had been restored). Sedakova also wrote a new version of *"The Queen of Hearts"* (*Дама Червей, Dama Chervei*) as Marshak's old translation, although very well known, featured the Queen of Diamonds (*Дама Бубён, Dama Bubën*).

In addition, in her commentary to the 1978 "Academic" version (which is not reproduced here), Demurova published translations, by Olga Sedakova, of the original poetry that was parodied by Carroll, just as Orlovskaya did in 1967 for a fragment of Southey's original poem.

Приключения Алисы в Стране Чудес

Содержание

Июльский полдень золотой
   Сияет так светло,
В неловких маленьких руках
   Упрямится весло,
И нас теченьем далеко
   От дома унесло.

Безжалостные! В жаркий день,
   В такой сонливый час,
Когда бы только подремать,
   Не размыкая глаз,
Вы требуете, чтобы я
   Придумывал рассказ.

И Первая велит начать
   Его без промедленья,
Вторая просит: «Поглупей
   Пусть будут приключенья.»
А Третья прерывает нас
   Сто раз в одно мгновенье.

Но вот настала тишина,
   И, будто бы во сне,
Неслышно девочка идёт
   По сказочной стране
И видит множество чудес
   В подземной глубине.

Но ключ фантазии иссяк—
     Не бьёт его струя.
«Конец я после расскажу,
     Даю вам слово я!»
«Настало *после!*» мне кричит
     Компания моя.

И тянется неспешно нить
     Моей волшебной сказки,
К закату дело, наконец,
     Доходит до развязки.
Идём домой. Вечерний луч
     Смягчил дневные краски.

Алиса, сказку детских дней
     Храни до седины
В том тайнике, где ты хранишь
     Младенческие сны,
Как странник бережёт цветок
     Далёкой стороны.

Глава I

Вниз по Кроличьей Норе

Алисе наскучило сидеть с сестрой без дела на берегу реки; разок-другой она заглянула в книжку, которую читала сестра, но там не было ни картинок, ни разговоров. «Что толку в книжке,» подумала Алиса, «если в ней нет ни картинок, ни разговоров?»

Она сидела и размышляла, не встать ли ей и не нарвать ли цветов для венка; мысли её текли медленно и несвязно—от жары её клонило в сон. Конечно, сплести венок было бы очень приятно, но стоит ли ради этого вставать? Вдруг мимо пробежал белый кролик с красными глазами.

Конечно, ничего *удивительного* в этом не было. Правда, Кролик на бегу говорил: «Ах, боже мой, боже мой! Я опаздываю.» Но и это не показалось Алисе *особенно* странным. (Вспоминая об этом позже, она подумала, что ей следовало бы удивиться, однако в тот миг всё казалось ей вполне естественным.) Но, когда Кролик вдруг *вынул часы из жилетного кармана* и, взглянув на них, помчался дальше,

Алиса вскочила на ноги—тут её осенило: ведь никогда раньше она не видела кролика с часами, да ещё с жилетным карманом в придачу! Сгорая от любопытства, она побежала за ним по полю и только-только успела заметить, что он юркнул в нору под изгородью.

В тот же миг Алиса юркнула за ним следом, не думая о том, как же она будет выбираться обратно.

Нора сначала шла прямо, ровная, как туннель, а потом вдруг круто обрывалась вниз; не успела Алиса и глазом моргнуть, как она начала падать, словно в глубокий колодец.

То ли колодец был очень глубок, то ли падала она очень медленно, только времени у неё было достаточно, чтобы оглядеться и поразмыслить, что же будет дальше. Сначала она попыталась разглядеть, что внизу, но там было темно, и она ничего не увидела; тогда она принялась смотреть по сторонам и заметила, что стены колодца были уставлены шкафами и книжными полками; кое-где висели на гвоздиках картины и карты. Пролетая мимо одной из полок, она прихватила с неё банку с вареньем; на банке было написано «АПЕЛЬСИНОВОЕ», но увы!—она оказалась пустой. Алиса побоялась бросить банку вниз—как бы не убить кого-нибудь!—и умудрилась на лету засунуть её в какой-то шкаф.

«Вот это упала так упала!» думала Алиса. «Мне теперь и с лестницы упасть пара пустяков! А наши решат, что я ужасно смелая. Да свались я хоть с крыши, я бы и то не пикнула!» (Вполне возможно, что так оно и было бы.)

А она всё падала и падала. *Неужели этому не будет конца?* «Интересно, сколько миль я уже пролетела?» сказала Алиса вслух. «Я, верно, приближаюсь к центру земли. Дайте-ка вспомнить…Это, кажется, около четырёх тысяч миль вниз…» (Видишь ли, Алиса выучила кое-что в этом роде на уроках в классной, и, хоть сейчас было *не совсем* время показывать свои знания—никто ведь её не слушал,—она не могла удержаться.) «Да так, верно, оно и есть,» продолжала Алиса. «Но интересно, на какой же я тогда широте и долготе?» (Сказать по правде, она и понятия не имела о том, что такое широта и долгота, но ей очень нравились эти слова—они звучали так важно и внушительно!)

Помолчав, она начала снова: «А не пролечу ли я всю землю *насквозь?* Вот будет смешно! Вылезаю—а люди вниз головой! Как их там зовут?.. *Антипатии*, кажется…» В глубине души она порадовалась, что в этот миг её никто не слышит, потому что это слово звучало как-то не так. «Придётся мне у них спросить, как называется их страна: „Простите, сударыня, это Австралия или Новая Зеландия?“» И она попробовала сделать реверанс. (Можешь себе представить *реверанс* в воздухе во время падения? Как, по-твоему, тебе бы удалось его сделать?) «А она, конечно, подумает, что я страшная невежда! Нет, не буду никого спрашивать! Может, увижу где-нибудь надпись!»

А она всё падала и падала. Делать было нечего, и, помолчав, Алиса снова заговорила: «Дина будет без меня сегодня весь вечер скучать.» (Диной звали их кошку.) «Надеюсь ей не забудут в полдник налить молочка… Ах, Дина, милая, как жаль, что тебя нет со мной! Правда, мышек в воздухе нет, но зато мошек хоть отбавляй! Интересно, едят ли кошки мошек?» Тут Алиса почувствовала, что глаза у неё слипаются. Она сонно бормотала: «Едят ли кошки мошек? Едят ли кошки мошек?» Иногда у неё получалось: «Едят ли мошки кошек?» Алиса не знала ответа ни на первый, ни на второй вопрос, и потому ей было всё равно, как сказать. Она чувствовала, что засыпает; ей уже снилось, что она идёт об руку с Диной и озабоченно спрашивает её: «Признайся, Дина, ты когда-нибудь ела мошек?» Тут раздался страшный треск—Алиса упала на кучу валежника и сухих листьев.

Она ничуть не ушиблась и быстро вскочила на ноги; взглянула наверх—там было темно, а прямо перед ней тянулся другой коридор, в конце его мелькнул Белый Кролик. Нельзя было терять ни минуты—Алиса помчалась за ним следом, и как раз успела услышать, что, исчезая за поворотом, Кролик произнёс: «Ах, мои усики! Ах, мои ушки! Как я опаздываю!» Повернув за угол, Алиса ожидала тут же увидеть Кролика, но его нигде не было. А она очутилась в длинном низком зале, освещённом рядом ламп, свисавших с потолка.

Дверей в зале было множество, но все оказались заперты; Алиса попробовала открыть их—сначала с одной стороны, потом с другой, но, убедившись, что ни одна не поддаётся, она прошла по залу, с грустью соображая, как ей отсюда выбраться.

Вдруг она увидела стеклянный столик на трёх ножках; на нём не было ничего, кроме крошечного золотого ключика, и Алиса решила, что это ключ от одной из дверей, но увы!—то ли замочные скважины были слишком велики, то ли ключик слишком мал, только он не подошёл ни к одной, как она ни старалась. Пройдясь но залу во второй раз, Алиса увидела занавеску, которую не заметила раньше, а за ней оказалась маленькая дверца дюймов в пятнадцать вышиной; Алиса вставила ключик в замочную скважину—и, к величайшей её радости, он подошёл!

Она открыла дверцу и увидела за ней маленький проход, не более крысиной норы; она встала на колени и заглянула туда—проход вёл в сад[1] удивительной красоты. Ах, как ей захотелось выбраться из темного зала и побродить между яркими цветочными клумбами и прохладными фонтанами! Но она не могла просунуть в нору даже голову. «Даже если б моя голова и *прошла*,» подумала бедная Алиса, «что толку! Кому нужна голова без плечей? Ах, почему я не складываюсь, как подзорная труба! Если б я только знала, с чего начать, я бы, наверно, сумела.» Видишь ли, в тот день столько было всяких удивительных происшествий, что ничто не казалось ей теперь невозможным.

Сидеть у маленькой дверцы не было никакого смысла, и Алиса вернулась к стеклянному столику, смутно надеясь найти на нём другой ключ или на худой конец руководство к складыванию наподобие подзорной трубы; однако на этот раз на столе оказался пузырёк. («Я совершенно уверена, что раньше его здесь не было!» сказала про себя Алиса.) К горлышку пузырька была привязана бумажка, а на бумажке крупными буквами было красиво написано: «ВЫПЕЙ МЕНЯ!»

Это, конечно, легко было сказать—„Выпей меня“,[2] но умненькая Алиса совсем не торопилась следовать совету. «Прежде всего надо убедиться, что на этом пузырьке нигде нет пометки „*яд*“» сказала она. Видишь ли, она начиталась всяких милых историй о том, как дети сгорали живьём или попадали на съедение диким зверям,—и все эти неприятности происходили с ними потому, что они *не желали* соблюдать простейших правил, которым обучали их друзья: если слишком долго держать в руках раскалённую докрасна кочергу, в конце концов обожжёшься; если *поглубже* полоснуть по пальцу ножом, из пальца обычно идёт кровь; а если разом осушить пузырёк с пометкой «яд», рано или поздно почти наверняка почувствуешь недомогание. Последнее правило Алиса помнила твёрдо.

Однако на этом пузырьке *не было* пометки «яд»,[3] и Алиса рискнула отпить из него немного. Напиток был очень приятен на вкус—он чем-то напоминал вишнёвый пирог с кремом, ананас, жареную индейку, сливочную помадку и горячие гренки с маслом,— и Алиса выпила его до конца.

«Какое странное ощущение!» воскликнула Алиса. «Я, верно, складываюсь, как подзорная труба.»

И не ошиблась—в ней сейчас было всего десять дюймов росту. Она подумала, что теперь легко пройдёт сквозь дверцу в чудесный сад, и очень обрадовалась. Но сначала на всякий случай она немножко подождала, чтобы убедиться, что больше не уменьшается, ибо это её слегка тревожило. «Если я и дальше буду так уменьшаться,» сказала она про себя, «я могу и вовсе исчезнуть. Сгорю как свечка! Интересно, какая я тогда буду?» И она постаралась представить себе, как выглядит пламя свечи после того, как свеча потухнет; насколько ей помнилось, такого она никогда не видала.

Подождав немного и убедившись, что больше ничего не происходит, Алиса решила тотчас же выйти в сад. Бедняжка! подойдя к дверце, она обнаружила, что забыла золотой ключик на столе, а вернувшись к столу, поняла, что ей теперь до него не дотянуться; сквозь стекло она ясно видела снизу лежащий на столе ключик и попыталась попыталась взобраться на стол по стеклянной ножке, но ножка была очень скользкая, и все её усилия были напрасны. Выбившись из сил, бедная Алиса села на пол и заплакала.

«Ну, хватит!» строго приказала она себе немного спустя. «Слезами горю не поможешь. Советую тебе сию же минуту перестать!» Она всегда давала себе хорошие советы (хоть следовала им нечасто), а порой нещадно ругала себя, так что глаза её наполнялись слезами. Однажды она даже попыталась отшлёпать себя по щекам за то, что схитрила, играя в одиночку партию в крокет. Этому странному ребёнку[4] очень нравилось притворяться двумя разными девочками сразу. «Но сейчас это уже при всём желании невозможно!» подумала бедная Алиса. «Меня и на *одну-то* едва хватает!»

Вскоре она увидела под столом маленькую стеклянную коробочку. Алиса открыла её—внутри был пирожок, на котором коринками было красиво написано: «СЪЕШЬ МЕНЯ!»—«Что ж,» сказала Алиса, «я так и сделаю. Если при этом я вырасту, я достану ключик, а если уменьшусь— пролезу под дверь. Мне бы только попасть в сад, а как— всё равно!»

Она откусила от пирожка и с тревогой промолвила: «Расту или уменьшаюсь? Расту или уменьшаюсь?» Руку Алиса при этом положила на макушку, чтобы чувствовать, что с ней происходит, но, к величайшему её удивлению, она не стала ни выше, ни ниже. Конечно, так всегда и бывает, когда ешь пирожки, но Алиса успела привыкнуть к тому, что вокруг происходит одно только удивительное; ей показалось скучно и глупо, что жизнь опять пошла по-обычному.

Она откусила ещё кусочек и вскоре съела весь пирожок.

Глава II

Озеро Слёз [5]

«Всё страньше и страньше!» вскричала Алиса. (От изумления она совсем забыла, как нужно говорить.) «А теперь я раздвигаюсь, словно подзорная труба. Прощайте, ноги!» (В эту минуту она как раз взглянула на ноги и увидела, как стремительно они уносятся вниз. Ещё мгновение—они и вовсе скроются из виду.) «Бедные мои ножки! Кто же вас теперь будет обувать? Кто натянет на вас чулки? Мне же до вас теперь, мои милые, не достать. Мы будем так далеко друг от друга, что мне будет совсем не до вас… Придётся вам обходиться без меня.» Тут она призадумалась. «Всё-таки надо быть с ними поласковее,» сказала она про себя. «А то ещё возьмут и пойдут не в ту сторону. Ну, ладно! На Рождество буду посылать им в подарок новые ботинки.»

И она принялась строить планы. «Придётся отправлять их с посыльным,» думала она. «Вот будет смешно! Подарки собственным ногам! И адрес какой странный!

> *Госпоже Алисиной Правой Ноге,*
> *Каминный Коврик,*
> *(что возле Каминной Решётки)—*
> *С приветом от Алисы.[6]*

Ну что за вздор я несу!»

В эту минуту она ударилась головой о потолок—ведь она вытянулась футов до девяти, не меньше,—схватила со стола золотой ключик и побежала к двери в сад.

Бедная Алиса! разве могла она теперь пройти в дверцу? Ей удалось лишь заглянуть в сад одним глазком—и то пришлось лечь для этого на пол. Надежды на то, чтобы попасть внутрь, не было никакой. Она уселась на пол и снова расплакалась.

«Стыдись,» сказала себе Алиса немного спустя. «Такая большая девочка (тут она, конечно, была права)—и плачешь! Сейчас же перестань, слышишь?» Но слёзы лились ручьями, и вскоре вокруг неё образовалась большая лужа дюйма в четыре глубиной. Вода разлилась по полу и уже дошла до середины зала.

Немного спустя вдалеке послышался топот маленьких ног. Алиса торопливо вытерла глаза и стала ждать. Это возвращался Белый Кролик. Одет он был парадно, в одной руке держал пару лайковых перчаток, а в другой—большой веер, и на бегу тихо бормотал: «Ах, боже мой, что скажет Герцогиня! Если я опоздаю, она будет *в ярости*! Просто в ярости!» Алиса была в таком отчаянии, что готова была обратиться за помощью к кому угодно. Когда Кролик поравнялся с нею, она робко прошептала: «Простите, сэр...» Кролик подпрыгнул, уронил перчатки и веер, метнулся прочь и тут же исчез в темноте.

Алиса подняла веер и перчатки; в зале было жарко, и она стала обмахиваться веером. «Нет, вы только подумайте!» говорила она. «Какой сегодня день странный! А вчера всё шло, как обычно! Может быть, это я изменилась за ночь? Дайте-ка вспомнить: сегодня утром, когда я встала, *я* это была или не *я*? Кажется, уже не совсем я! Но если я—это не я, то кто же я такая в таком случае? Вот уж загадка так загадка!».[7] И она принялась перебирать в уме всех знакомых девочек,[8] которые были с ней одного возраста—уж не превратилась ли она в одну из них?

«Во всяком случае, я не Ада!» сказала она решительно. «У неё волосы завиваются в локоны, а у меня нет! И уж, конечно, я не Мейбл. Я столько всего знаю, а она совсем ничего! И вообще она это *она*, а *я*—это я! Как всё непонятно! А ну-ка проверю, помню я то, что знала, или нет. Значит так: четырежды пять—двенадцать, четырежды шесть—тринадцать, четырежды семь… Нет, так я до двадцати никогда не дойду! Ну, ладно, таблица умножения— это ещё ничего не значит! Попробую географию! Лондон— столица Парижа, а Париж—столица Рима, а Рим… нет, всё не так, всё неправильно! Верно, я превратилась в Мейбл… Попробую прочитать „*Как дорожит…*“», и она сложила руки на коленях, словно отвечала урок, и начала. Но голос её звучал как-то хрипло и странно, и слова выходили совсем необычные:—[9]

«Как дорожит своим хвостом
  Малютка крокодил!—
Урчит и въётся над песком,
  Прилежно пенит Нил!

Как он умело шевелит
  Опрятным коготком!—
Как рыбок он благодарит,
  Глотая целиком!»

«Слова совсем не те!» молвила бедная Алиса, и глаза у неё снова наполнились слезами. «Значит, я всё-таки Мейбл! Придётся мне теперь жить в их тесном домишке. И игрушек у меня совсем не будет! Зато уроки придётся учить без конца. Ну что ж, решено: если я Мейбл, останусь здесь навсегда. Пусть тогда приходят, свешивают головы вниз, зовут: „Подымайся, милочка, к нам!" Я на них только посмотрю и отвечу: „Скажите мне сначала, кто я! Если мне это понравится, я поднимусь, а если нет—останусь здесь, пока не превращусь в кого-нибудь другого!"» Тут слёзы брызнули у неё из глаз. «Почему за мной никто *не приходит?* Как мне надоело сидеть здесь одной!»

С этими словами Алиса глянула вниз и, к своему удивлению, заметила, что, пока говорила, натянула на одну руку крошечную перчатку Кролика. «Как это мне *удалось?*» подумала она. «Видно, я опять уменьшаюсь!» Алиса встала и подошла к столику, чтобы выяснить, какого она теперь роста. Судя по всему, в ней было не больше двух футов, и она продолжала стремительно уменьшаться; вскоре она поняла, что виной тому веер, который она держит в руках, и тут же швырнула его на пол. И хорошо сделала—а то могла бы и вовсе исчезнуть!

«Уф! Едва *спаслась!*» сказала Алиса, испуганная столь внезапной переменой, но радуясь, что уцелела. «А теперь—в сад!» И она подбежала к дверце, но увы! дверца опять была заперта, а золотой ключик так и лежал на стеклянном столе. «Час от часу не легче!» подумала бедная Алиса. «Такой крошкой я ещё не была ни разу! Плохо моё дело! Хуже некуда…»

Тут она поскользнулась и—бух!—шлёпнулась в воду. Вода была солёная на вкус и доходила ей до подбородка. Сначала она подумала, что каким-то образом упала в море. «В таком случае,» подумала она, «можно отсюда уехать по железной дороге.» (Алиса всего раз в жизни была на взморье, и потому ей казалось, что всё там одинаково: в море—кабинки для купания, на берегу—малыши с деревянными лопатками строят замки из песка; потом—пансионы, а за ними—железнодорожная станция.) Вскоре, однако, она поняла, что упала в лужу слёз, которую сама же и наплакала, когда была ростом в девять футов.

«Ах, зачем я так ревела!» сокрушалась Алиса, плавая кругами и пытаясь понять, в какой стороне берег. «Вот *будет странно*, если я утону в собственных слезах! Впрочем, сегодня всё странно!»

Тут она услышала какой-то плеск неподалёку и поплыла туда, чтобы узнать, кто это там плещется. Сначала она решила, что это морж или гиппопотам, но потом вспомнила, какая она теперь крошка, и, вглядевшись, увидала всего лишь мышь, которая, видно, также упала в воду.

«Заговорить с ней или нет?» подумала Алиса. «Сегодня всё так удивительно, что, возможно, она умеет говорить! Во всяком случае, попытаться стоит!» И она начала: «О Мышь! Не знаете ли вы, как выбраться из этой лужи? Мне так надоело здесь плавать, о Мышь!» (Алиса считала, что именно так и следует обращаться к мышам. Раньше ей не приходилось этого делать, но она вспомнила учебник латинской грамматики, принадлежащий её брату: «Именительный—мышь, родительный—мыши, дательный—мыши, винительный—мышь, звательный—О мышь!») Мышь взглянула на неё с недоумением и легонько ей подмигнула (так, во всяком случае, показалось Алисе), но не сказала в ответ ни слова.

«Может, она меня не понимает?»[10] подумала Алиса. «Вдруг она француженка родом? Приплыла сюда вместе с Вильгельмом Завоевателем…» (Алиса, конечно, знала историю, но не очень ясно представляла себе, что когда происходило.) И она опять начала: «Où est ma chatte?» (В учебнике французского языка эта фраза стояла первой.) Мышь рванулась из воды и вся затрепетала от ужаса. «Простите!» быстро сказала Алиса, видя, что обидела бедного зверька. «Я забыла, что вы не любите кошек.»

«Не люблю кошек!» взвизгнула пронзительно Мышь. «А *ты* бы их на моём месте любила?»

«Наверно, нет,» попробовала успокоить её Алиса. «Прошу вас, не сердитесь! Жаль, что я не могу показать вам нашу Дину. Если б вы только её увидели, вы бы, по-моему, кошек полюбили. Она такая милая, такая спокойная,» задумчиво продолжала Алиса, лениво плавая в солёной воде. «Сидит себе у камина, мурлычет и умывается. И такая мягкая, так и хочется погладить! А как ловит мышей!.. Ах, простите, пожалуйста!» Шёрстка у Мыши стала дыбом—Алиса поняла, что оскорбила её до глубины души. «Если вам не хочется, мы не будем больше о ней говорить,» предложила Алиса.

«Мы?» вскричала Мышь, трепеща от головы до самого кончика хвоста. «Можно подумать, что это я завела этот разговор! У нас в семье всегда *ненавидели* кошек. Низкие, гадкие, вульгарные твари! Слышать о них не желаю!»

«Хорошо, хорошо!» согласилась Алиса, торопясь перевести разговор. «А… собаки… вам нравятся?» Мышь промолчала. «Рядом с нами живёт такой милый пёсик!» радостно продолжала Алиса. «Мне бы очень хотелось вас с ним познакомить! Маленький терьер! Глазки у него блестящие, а шёрстка коричневая, длинная и волнистая! Бросишь ему что-нибудь, он тотчас несёт назад, а потом сядет на задние лапки и просит, чтобы ему дали косточку. Чего только он ни делает—всего не упомнишь! Хозяин у него фермер, он говорит: этому пёсику цены нет. Он всех крыс перебил в округе и всех мыш… Ах, боже мой!» грустно промолвила Алиса. «По-моему, я её опять обидела!» Мышь изо всех сил плыла от неё прочь, по воде даже волны пошли.

«Мышка, милая!» ласково позвала её Алиса. «Прошу вас, вернитесь. Если кошки и собаки вам не по душе, я о них больше ни слова не скажу!» Услышав это, Мышь повернула и медленно поплыла назад. Она страшно побледнела. («От гнева!» подумала Алиса). «Вылезем на берег,» сказала Мышь тихим, дрожащим голосом, «и я расскажу тебе мою историю. Тогда ты поймёшь, за что я ненавижу кошек и собак.»

И в самом деле, надо было вылезать. В луже становилось всё теснее от всяких птиц и зверей, упавших в неё. Там были Робин Гусь, Птица Додо, Попугайчик Лори, Орлёнок Эд и всякие другие удивительные существа. Алиса поплыла вперёд, и все потянулись за ней к берегу.

«*Что* он нашёл?» спросил Робин Гусь.

«Нашёл *это*,» отвечала Мышь. «Ты разве не знаешь, что такое „это“?»

«Ещё бы не знать!» воскликнул Робин Гусь. «Когда *я* что-нибудь нахожу, это обычно бывает лягушка или червяк. Вопрос в том, что же нашёл архиепископ?»

Мышь не удостоила его ответом и торопливо продолжала: «„…нашёл это благоразумным и решил вместе с Эдгаром Этелингом отправиться к Вильгельму и предложить ему корону. Поначалу Вильгельм вёл себя очень сдержанно, но наглость его воинов-норманцев…“ Ну как, милочка, подсыхаешь?» спросила она Алису.

«С меня так и льёт,» ответила Алиса печально. «Я и не думаю сохнуть!»

«В таком случае,» провозгласил Додо, «я предлагаю принять резолюцию о немедленном роспуске собрания с целью принятия самых экстренных мер…»

«Говорите по-людски,» сказал Орлёнок Эд. «Я и половины этих слов не знаю! Да вы и сами, по-моему, их не понимаете.» И Орлёнок отвернулся, чтобы скрыть улыбку. Птицы тихо захихикали.

«Я хотел сказать,» обиженно проговорил Додо, «что нужно устроить Бег по кругу. Тогда мы вмиг высохнем!»

«А что это такое?» спросила Алиса. Сказать по правде, её это не очень интересовало, но Додо многозначительно смолк—видно, ждал вопроса. И, так как все тоже молчали, пришлось спрашивать Алисе.

«Чем объяснять,» провозгласил Додо, «лучше показать!» (Может, и вы захотите как-нибудь зимой сыграть в эту игру? В таком случае я расскажу вам, что делал Додо.)

Сначала он нарисовал на земле круг. Правда, круг вышел не очень-то ровный, но Додо сказал: «Правильность формы несущественна!» А потом расставил всех без всякого порядка по кругу. Никто не подавал команды—все бежали, когда хотели, так что было непросто понять, когда должно кончиться это состязание. Через полчаса, когда все набегались и просохли, Додо вдруг закричал: «Бег закончен!» Все столпились вокруг него и, тяжело дыша, стали спрашивать: «Кто же победил?»

На этот вопрос Додо не мог ответить, не подумав как следует. Он застыл на месте, приложив ко лбу палец (в такой позе обычно изображают Шекспира, помните?), и погрузился в размышления, а все стояли вокруг и молча ждали. Наконец Додо произнёс: «Победили *все*, и *каждый* получит награды.»

«А кто же их будет раздавать?» закричали все хором.

«*Она*, конечно,» ответил Додо, ткнув пальцем в Алису. Все окружили Алису и стали требовать наперебой: «Награды! Награды!»

Алиса растерялась. В замешательстве она сунула руку в карман—и вытащила оттуда пакетик цукатов (к счастью, слёзы их не размочили.) Она раздала их собравшимся—каждому по цукату, как раз хватило.

«Но ей ведь тоже надо награду,» сказала Мышь.

«Конечно,» подхватил важно Додо. И, повернувшись к Алисе, спросил: «У тебя осталось что-нибудь в кармане?»

«Нет,» отвечала Алиса грустно. «Только напёрсток.»

«Давай его сюда!» велел Додо.

Тут все снова столпились вокруг Алисы, а Додо торжественно подал ей напёрсток и произнёс: «Мы просим тебя принять в награду этот изящный напёрсток!» Эта краткая речь была встречена криками одобрения.

Алисе вся эта церемония показалась очень смешной, но вид у всех был такой серьёзный, что она не посмела засмеяться. Она не нашлась, что ответить на речь Додо, и только чинно поклонилась и взяла напёрсток.

Все принялись за угощенье; поднялся страшный шум и переполох—большие птицы мигом проглотили свои цукаты и стали жаловаться, что и распробовать их не успели; а у птичек поменьше цукаты застревали в горле——приходилось хлопать их по спине. Наконец, все поели, снова уселись в круг и попросили Мышь рассказать им ещё что-нибудь.

«Вы обещали рассказать мне свою историю,» сказала Алиса. «И почему вы ненавидите… К и С.» Последнюю фразу она произнесла шёпотом, боясь, как бы опять не обидеть Мышь.

«Это очень длинная и грустная история,» начала Мышь со вздохом. Помолчав, она вдруг взвизгнула: «Прохвост!»

«*Про хвост?*» повторила Алиса с недоумением и взглянула на её хвост. «Грустная история *про хвост?*» И, пока Мышь говорила, Алиса всё никак не могла понять, какое это имеет отношение к мышиному хвосту. Поэтому история, которую рассказала Мышь, выглядела в её воображении вот так:—

«Цап-царап
сказал мышке:
„Вот какие
делишки,
мы пойдём
с тобой в суд,
я тебя
засужу.—
И не
смей отпи-
раться, мы
должны рас-
квитаться,
потому что
всё утро
я без
дела
сижу.“
И на
это на-
халу
мышка так
отвечала:
„Без суда
и без
след-
ствия,
сударь,
дел не
ведут“.—
„Я и
суд, я
и след-
ствие,“
Цап-
царап
ей
ответ-
ствует.
„При-
сужу
тебя к
смерти
я. Тут
тебе
и ка-
пут“

«Ты не слушаешь!» строго сказала Алисе Мышь. «О чём ты думаешь?»

«Извините,» ответила скромно Алиса. «Вы дошли уже до пятого завитка, не так ли?»

«Глупости!» рассердилась Мышь. «Вечно всякие глупости! Как я от них устала! Этого просто не *вынести*!»

«А что нужно вынести?» спросила Алиса. (Она всегда готова была услужить.) «Разрешите, я помогу.»

«И не подумаю!» обиделась Мышь, встала и пошла прочь. «Болтаешь какой-то вздор—верно, хочешь меня оскорбить!»

«Что вы!» возразила Алиса. «У меня этого и в мыслях не было! Просто вы всё время обижаетесь.»

Мышь в ответ только заворчала.

«Прошу вас, не уходите!» крикнула ей вслед Алиса. «Доскажите нам вашу историю!» И все хором поддержали её: «Да-да, не уходите!» Но Мышь только мотнула нетерпеливо головой и побежала быстрее.

«Как жаль, что она не пожелала остаться,» вздохнул Попугайчик Лори, как только она скрылась из виду. А старая Медуза сказала своей дочери: «Ах, дорогая, пусть это послужит тебе уроком! Нужно всегда *держать себя в руках!*»

«Попридержите-ка лучше язык, маменька,» отвечала юная особа с лёгким раздражением. «Не вам об этом говорить. Вы даже устрицу выведете из терпения!»

«Вот бы сюда нашу Дину!» воскликнула Алиса, не обращаясь ни к кому в отдельности. «*Она бы* вмиг притащила её обратно!»

«Позвольте вас спросить: кто эта Дина?» поинтересовался Лори. Алиса всегда была рада поговорить о своей любимице. «Это наша кошка,» отвечала она с готовностью. «Вы даже представить себе не можете, как она ловит мышей! А птиц как хватает! Как только увидит птичку — так тут же её и съест!»[11]

Речь эта произвела на собравшихся удивительное впечатление. Птицы заторопились по домам. Старая Сорока начала кутаться в шаль. «Пойду-ка я домой!» объявила она. «Ночной воздух вреден моему горлу.» А Канарейка дрожащим голоском стала кликать своих детишек: «Идёмте-ка домой, мои дорогие! Вам давно пора в постель!» Вскоре под разными предлогами все разошлись по домам, и Алиса осталась одна.

«И зачем это я заговорила о Дине?» грустно подумала Алиса. «Никому она здесь не нравится—а ведь это самая лучшая кошка в мире![12] Ах, Дина, милочка! Увижу я тебя опять?» Тут бедная Алиса снова заплакала—ей было так грустно и одиноко. Немного погодя Алиса снова услышала лёгкий топоток. Она оглянулась: может, это Мышь перестала сердиться и вернулась, чтобы закончить свой рассказ?

Г Л А В А IV

Билль Вылетает в Трубу

о это был Белый Кролик—он медленно трусил назад, с волнением глядя по сторонам, словно что-то искал. Алиса услышала, как он бормочет про себя: «Ах, Герцогиня! Герцогиня! Бедные мои лапки! Бедные мои шёрстка и усики![13] Она же велит меня казнить! Как пить дать, велит! Где же я их потерял?» Алиса тут же догадалась, что он ищет веер и белые перчатки, и принялась их искать, желая по доброте сердечной ему помочь; но веера и перчаток нигде не было, а всё вокруг изменилось с тех пор, как она плавала в озере слёз[14]—большой зал со стеклянным столиком и дверцей куда-то исчез, словно его и не бывало.

Вскоре Кролик заметил Алису. «Эй, Мэри-Энн,» сердито крикнул он, «а *ты* что здесь делаешь? Беги-ка скорей домой и принеси мне пару перчаток и веер! Да поторопись!» Алиса так испугалась, что со всех ног бросилась исполнять поручение. Она даже не попыталась объяснить Кролику, что он ошибся.

«Он, верно, принял меня за горничную,» думала она на бегу. «Вот удивится, когда узнает, кто я такая! Всё равно отнесу ему перчатки и веер, если только найду, конечно!» В эту минуту она увидела чистенький домик; на двери была прибита медная дощечка, начищенная до блеска, а на дощечке было написано: «Б. КРОЛИК». Алиса не стала стучать—вошла и побежала по лестнице наверх. Она очень боялась встретить настоящую Мэри-Энн—конечно, та просто выгнала бы её из дому, и она не смогла бы тогда отнести Кролику веер и перчатки.

«Как странно, что я у Кролика на побегушках!» размышляла Алиса. «Не хватает ещё, чтобы Дина давала мне поручения!» И она принялась выдумывать, как бы это могло быть: «„Мисс Алиса! Идите скорее сюда! Пора на прогулку, а вы ещё не одеты!“—„Сейчас, няня! Я должна последить за мышиной норкой, пока Дина не вернётся. Она велела мне смотреть, чтобы мышка не убежала!“ Впрочем, Дину, верно, выгонят, если она станет так распоряжаться!»

Размышляя таким образом, она пробралась в опрятную маленькую комнатку, где у окна стоял стол, а на нём, как она и надеялась, лежал веер и несколько пар крошечных перчаток. Алиса взяла веер и пару перчаток и совсем уже собралась выйти из комнатки, как вдруг увидала у зеркала маленький пузырёк. На нём не было написано: «ВЫПЕЙ МЕНЯ», но Алиса открыла его и поднесла к губам. «Стоит мне что-нибудь проглотить,» подумала она, «как тут же происходит *что-нибудь* интересное. Посмотрим, что будет на этот раз! Мне бы очень хотелось опять подрасти. Надоело быть такой крошкой!»

Так оно и случилось—и гораздо быстрее, чем предполагала Алиса; не успела она отпить и половины, как упёрлась головой в потолок; пришлось ей пригнуться, чтоб не сломать себе шею. Она быстро поставила пузырёк на стол. «Ну, хватит,» сказала она. «Надеюсь, на этом я остановлюсь. Я и так уже в дверь не пролезу. Зачем только я так много выпила!»

Увы! было уже поздно; она всё росла и росла. Пришлось ей встать на колени—а через минуту и этого оказалось мало. Она легла, согнув одну руку в локте (рука доходила до самой двери), а другой обхватив голову. Через минуту ей снова стало тесно—она продолжала расти. Пришлось ей выставить одну руку в окно, а одну ногу засунуть в дымоход. Дальше расти было некуда. «Больше я ничего сделать не могу, что бы там ни случилось,» сказала она про себя. «Что-то со мной *будет?*»

Но, к счастью, действие волшебного напитка на этом кончилось, и больше она не росла. Правда, легче от этого ей не стало, и так как особых надежд на спасение не было, немудрено, что она загрустила.

«Как хорошо было дома!» думала бедная Алиса. «Там я всегда была одного роста и всякие мыши и кролики мне были не указ. Зачем только я полезла в эту кроличью норку! И всё же… всё же… Такая жизнь мне по душе—всё тут так необычно! Интересно, *что* же со мной *произошло?* Когда я раньше читала сказки, я твёрдо знала, что такого на свете не бывает, а теперь я сама в них угодила! Обо мне надо написать книжку, честное слово, надо! Вот вырасту и напишу…» Тут Алиса замолчала и грустно пробормотала: «Да, но ведь я уже выросла… По крайней мере *здесь* мне расти больше некуда.»

«А вдруг я на этом и остановлюсь?» продолжала размышлять Алиса. «Пожалуй, это неплохо—я тогда не состарюсь! Правда, мне придётся всю жизнь учить уроки. Нет, *не хочу!*»

«Ах, какая ты глупая, Алиса!» возразила она себе. «Как здесь учить уроки? Тебе *самой-то* места едва хватает… Куда же ты денешь учебники?»

Так она разговаривала и спорила сама с собой, беря то одну сторону, то другую. Беседа получалась очень интересная, но тут под окнами послышался чей-то голос—она замолчала и прислушалась.

«Мэри-Энн! Мэри-Энн!» кричал голос. «Неси-ка сюда перчатки! Да поторапливайся!» Вслед за тем на лестнице послышался топот маленьких ног.[15] Алиса поняла, что это Кролик её ищет, и, забыв о том, что она теперь в тысячу раз его больше и бояться ей его нечего, так задрожала, что весь дом зашатался.

Кролик подошёл к двери и толкнул в неё лапой, но дверь открывалась в комнату, а так как Алиса упёрлась в неё локтем, она не поддавалась. Алиса услышала, как Кролик сказал: «Что ж, обойду дом кругом и залезу в окно…»

«Ну *нет!*» подумала Алиса. Подождав, пока, как ей показалось, Кролик подошёл к окну, она наугад высунула руку и попробовала его схватить. Послышался крик, кто-то упал, зазвенело разбитое стекло—видно, он упал на теплицу, где выращивали огурцы, или на что-то подобное.[16]

Потом раздался сердитый крик. «Пэт! Пэт!» звал Кролик. «Да где же ты?» И какой-то голос, которого Алиса раньше не слыхала, отвечал: «Я тут! Яблочки копаю, ваша честь!»

«Яблочки копаю!» рассердился Кролик. «Нашёл время! Лучше помоги мне выбраться *отсюда!*» (Снова зазвенело разбитое стекло.)

«Скажи-ка, Пэт, что это там в окне?»

«Рука, конечно, ваша честь!» (Последние два слова он произносил как одно—получалось что-то вроде «ваш-чсть!»)

«Помилуй, какая ж это рука? Где ты видел такую руку? Она же в окно едва влезла!»

«Оно, конечно, так, вашчсть! Только это рука!»

«Ей там, во всяком случае, не место! Иди и убери её, Пэт!»

Наступило долгое молчание, лишь время от времени слышался шёпот: «Вашчсть, не лежит у меня сердце… Не надо, вашчсть! Прошу вас…»—«Трус ты эдакий! делай, что тебе говорят!» Тут Алиса снова высунула руку в окно и опять попыталась кого-нибудь схватить.[17] На этот раз послышалось *два* вопля, и опять посыпались стёкла. «Какие большие там теплицы!» подумала Алиса. «Интересно, что они теперь будут делать! „Убери её, Пэт!“ Я бы и *сама* была рада отсюда убраться! Вот бы они мне *помогли*!»

Она ещё немножко подождала, но всё было тихо. Немного спустя послышался скрип тележек и гул голосов. Их было много, и все говорили наперебой: «А где вторая лестница?—Мне сказали привезти только одну. Вторая у Билля!—Эй, Билль! Тащи-ка её сюда!—Ставьте их с этого угла!—Надо сначала их связать! Они и до середины не достают!—Достанут, не бойся!—Эй, Билль! Лови верёвку!—А крыша выдержит?—Осторожно! Эта черепица шатается…—Сорвалась! Падает!—Головы береги!» (Послышался громкий треск.) «Ну вот, это чьих рук дело?—Сдаётся мне, что Билля!—Кто полезет в трубу?—*Я* не полезу! *Сам* полезай!—Ну уж *нет!* Ни за какие коврижки!—Пусть лезет Билль!—Эй, Билль! Слышишь? Хозяин велит тебе лезть!»

«Ах, вот как!» подумала Алиса. «Значит, лезть приходится Биллю? Всё на него сваливают! Я бы ни за что не согласилась быть на его месте. Камин здесь, конечно, узковат, особенно не размахнёшься, а *всё же* лягнуть его я сумею!»

Алиса отодвинула ногу вниз по каминной трубе, насколько было возможно,[18] и стала ждать. Наконец она услышала, что в дымоходе над ней кто-то шуршит и скребётся (что

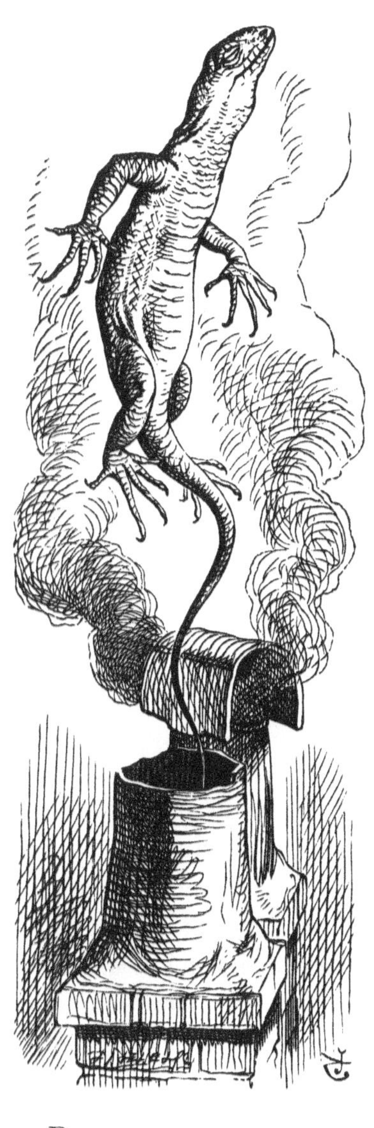

это был за зверёк, она не могла догадаться). «А вот и Билль!» сказала она про себя и изо всех сил поддала ногой. «Интересно, что теперь будет!»

Сначала она услышала, как все закричали: «Билль! Билль! Вон летит Билль!» Потом голос Кролика: «Эй, там, у кустов! Ловите его!» Потом молчание—и снова взволнованные голоса: «Голову, голову держите!—Дайте ему коньяку!—Не в то горло—Ну как, старина?—Что это было, старина?—Расскажи, что случилось, старина!»

Наконец раздался тоненький, слабый писк. («Это и есть Билль,» подумала Алиса.) «Сам не знаю… Спасибо, больше не нужно. Мне уже лучше… Вот только с мыслями никак не соберусь. Чувствую, что-то меня снизу поддало—и р-раз в небо, как шутиху!»

«Вот уж точно, как шутиху!» подхватили остальные.

«Нужно сжечь дом!» вдруг сказал Кролик. Алиса крикнула во весь голос: «Попробуйте только—я натравлю на вас Дину!»

Мгновенно наступила мёртвая тишина. «Интересно, что они *теперь* будут делать?» подумала Алиса. «Если бы они хоть что-нибудь соображали, они бы сняли крышу.» Минуты через две внизу опять началось движение. Алиса услышала, как Кролик сказал: «Для начала хватит одной тачки.»

«Тачки *чего?*» подумала Алиса. Недоумевала она недолго: в следующую минуту в окно посыпался град мелких камешков—некоторые угодили ей прямо в лицо. «Сейчас я это прекращу!» подумала Алиса. «Перестаньте!» крикнула она во весь голос. «А то хуже будет!» Снова наступила мёртвая тишина.

Алиса меж тем с удивлением отметила, что камешки, упав на пол, тотчас превращаются в пирожки. Тут Алису осенило. «Если я съем пирожок,» подумала она, «я наверняка стану либо больше, либо меньше![19] Расти мне больше некуда, значит, скорее всего, я стану меньше!»

Алиса проглотила один пирожок и с радостью заметила, что тотчас начала уменьшаться. Как только она до того уменьшилась, что смогла пройти в дверь, она выбежала из дому; под окнами она увидала целую толпу птиц и зверюшек. В середине лежал на земле бедный Ящерка Билль; две морские свинки поддерживали ему голову и чем-то поили из бутылки. Увидев Алису, все бросились к ней, но она пустилась наутёк и вскоре оказалась в дремучем лесу.

«Прежде всего нужно снова вырасти до моего правильного размера,»[20] сказала Алиса, пробираясь меж деревьев, «а потом найти дорогу в тот чудесный сад. Так и поступлю—лучше плана не придумаешь!»

И вправду, план был замечательный—такой простой и ясный; одно только плохо: Алиса не имела ни малейшего представления о том, как его осуществить; она с тревогой вглядывалась в чащу, как вдруг прямо у неё над головой кто-то громко тявкнул. Она вздрогнула и подняла глаза.

Гигантский щенок смотрел на неё огромными круглыми глазами и тихонько протягивал лапу, стараясь коснуться её. «Бе-е-дненький, ма-а-ленький!» сказала заискивающе Алиса и попробовала посвистать ему, но губы у неё дрожали, и свист не получился. А что, если щенок голоден? Чего доброго, ещё съест, как перед ним ни заискивай!

Алиса нагнулась, подняла с земли палочку и, не отдавая себе отчета в том, что делает, протянула её щенку; щенок взвизгнул от счастья, подпрыгнул всеми лапами в воздух и ухватился за палку; Алиса увернулась и спряталась за куст чертополоха, испугавшись, как бы щенок на радостях её не затоптал; только она показалась с другой стороны куста, как щенок снова бросился на палку, но не рассчитал силы и полетел кувырком. Играть с ним, подумалось Алисе, всё равно, что играть с ломовой лошадью—того и гляди, погибнешь под копытами! Алиса снова юркнула за чертополох, а щенок не мог оторваться от палки: отбегал подальше, с хриплым лаем бросался на неё, а потом снова отбегал; наконец он устал и, тяжело дыша, уселся поодаль, высунув язык и полуприкрыв свои огромные глаза.

Время улизнуть было самое подходящее, и Алиса не стала терять ни минуты; она бежала, пока совсем не задохнулась от усталости и лай щенка не затих в отдалении.

Тогда она остановилась и, прислонясь, чтобы немного отдохнуть, к стеблю лютика, стала обмахиваться его листом. «А щенок-то какой чудесный!» проговорила задумчиво Алиса. «Вот бы научить его разным фокусам, если бы… если бы только я была ростом как надо! Да, кстати, чуть не забыла—мне бы надо ещё подрасти! Дайте-ка вспомнить, как это делается… Если не ошибаюсь, нужно что-то съесть или выпить. Только вот что?»

И вправду—что? Алиса поглядела кругом на цветы и травы, но не увидела ничего, что можно было бы съесть или выпить.[21] Неподалёку стоял гриб—большой, почти с неё ростом, и когда она заглянула за него, и под него, и по обе стороны от него, то ей пришло в голову, что, если уж на то пошло, можно посмотреть, нет ли у него чего-нибудь на шляпке?

Она поднялась на цыпочки, заглянула наверх—и встретилась глазами с огромной синей гусеницей. Та сидела, скрестив на груди руки, и спокойно курила длинный кальян,[22] не обращая никакого внимания на то, что творится вокруг.

Глава V

Гусеница Даёт Совет [23]

Алиса и Гусеница долго смотрели друг на друга, не говоря ни слова; наконец Гусеница вынула кальян изо рта и медленно, словно в полусне, заговорила:

«*Ты… кто… такая?*»

Начало не очень-то располагало к беседе. «Сейчас, право, не знаю, сударыня,» отвечала Алиса робко. «Я знаю, кем я *была* сегодня утром, когда проснулась, но с тех пор я уже несколько раз менялась.»

«Что ты имеешь в виду?» [24] строго спросила Гусеница. «Да ты в своём уме?»

«Не знаю,» вздохнула Алиса. «Должно быть, в *чужом*. Видите ли…»

«Не вижу,» сказала Гусеница.

«Боюсь, что не сумею вам всё это объяснить,» учтиво промолвила Алиса, «я и сама ничего не понимаю. Вырастать и уменьшаться столько раз за один день [25]—это хоть кого собьёт с толку.»

«Не собьёт,» сказала Гусеница.

«Вы с этим, верно, ещё не сталкивались,» продолжала Алиса. «Но когда вам придётся превращаться в куколку— ведь этого не избежать!—а потом в бабочку, вам это тоже покажется странным.»

«Нисколько!» сказала Гусеница.

«Что ж, *возможно*,» согласилась Алиса. «Я только знаю, что *мне* бы это было очень странно.»

«Тебе!» с презрением повторила Гусеница.[26] «А кто ты такая?»

Это вернуло их к началу беседы. Алиса немного рассердилась—уж *очень* неприветливо говорила с ней Гусеница; она выпрямилась и произнесла, стараясь, чтобы голос её звучал повнушительнее:[27] «По-моему, это вы должны мне сказать сначала, кто *вы* такая.»

«Почему?» спросила Гусеница.

Вопрос поставил Алису в тупик, и, поскольку она не могла придумать никакой убедительной причины, а Гусеница,[28] видно, была *весьма* не в духе, Алиса повернулась и пошла прочь.

«Вернись!» закричала Гусеница ей вслед. «Мне нужно сказать тебе что-то важное.»

Это звучало заманчиво—Алиса вернулась.

«Держи себя в руках!» проговорила Гусеница.

«Это всё?» спросила Алиса, стараясь не сердиться.

«Нет,» отвечала Гусеница.

Алиса решила подождать—всё равно делать ей было нечего, а вдруг всё же Гусеница скажет ей что-нибудь интересное? Сначала та долго сосала кальян, потом наконец расплела руки, снова вынула кальян изо рта[29] и произнесла: «Значит, по-твоему, ты изменилась?»

«Да, сударыня,» отвечала Алиса, «и это очень грустно. Я не могу ничего вспомнить так, как помнила раньше—и не проходит и десяти минут, чтобы я не изменилась в размерах!»[30]

«*Чего* же ты не помнишь?» спросила Гусеница.[31]

«Я пробовала прочитать *„Как дорожит любым денъком...“*, а получилось что-то совсем другое,» сказала с тоской Алиса.

«Читай *„Папа Вильям“*,» предложила Гусеница.

Алиса сложила руки и начала:—

«„Папа Вильям,“ сказал любопытный малыш,
 „Голова твоя белого цвета.
Между тем ты всегда вверх ногами стоишь.
 Как ты думаешь, правильно это?“

„В ранней юности,“ старец промолвил в ответ,
 „Я боялся раскинуть мозгами,
Но, узнав, что мозгов в голове моей нет,
 Я спокойно стою вверх ногами.“

„Ты старик,“ продолжал любопытный юнец,
„Этот факт я отметил вначале.
Почему ж ты так ловко проделал, отец,
Троекратное сальто-мортале?“

„В ранней юности,“ сыну ответил старик,
„Натирался я мазью особой.
На два шиллинга банка—один золотник,
Вот, не купишь ли банку на пробу?“

„Ты немолод,“ сказал любознательный сын,
    „Сотню лет ты без малого прожил.
Между тем двух гусей за обедом один
    Ты от клюва до лап уничтожил.“

„В ранней юности мышцы своих челюстей
    Я развил изучением права,
И так часто я спорил с женою своей,
    Что жевать научился на славу!“

„Мой отец, ты простишь ли меня, несмотря
   На неловкость такого вопроса:
Как сумел удержать ты живого угря
   В равновесье на кончике носа?"

„Нет, довольно!" сказал возмущенный отец.
   „Есть границы любому терпенью.
Если пятый вопрос ты задашь наконец,
   Сосчитаешь ступень за ступенью!"

«Всё неверно,» сказала Гусеница.

«Да, *не совсем* верно,» робко согласилась Алиса. «Некоторые слова не те.»

«Всё не так, от самого начала и до самого конца,» строго проговорила Гусеница.

Наступило молчание.

«А какого роста ты хочешь быть?» спросила наконец Гусеница.

«Ах, всё равно,» ответила быстро Алиса. «Только, знаете, так неприятно всё время меняться.»

«*Не знаю*,» отрезала Гусеница.

Алиса молчала: никогда в жизни ей столько не перечили, она уже чувствовала, что теряет терпение.

«А теперь ты довольна?» спросила Гусеница.

«Если вы не возражаете, сударыня,» отвечала Алиса, «мне бы хотелось хоть *капельку* подрасти. Три дюйма— такой ужасный рост!»

«Это прекрасный рост!» сердито закричала Гусеница и вытянулась во всю длину. (В ней было ровно три дюйма.)

«Но я к нему не привыкла!» жалобно протянула бедная Алиса. А про себя подумала: «До чего они тут все обидчивые!»

«Со временем привыкнешь,» возразила Гусеница, сунула кальян в рот и выпустила дым в воздух.

Алиса терпеливо ждала, пока Гусеница не соблаговолит снова обронить словечко. Минуты через две та вынула кальян изо рта, зевнула раз, другой—и потянулась. Потом сползла с гриба и скрылась в траве, бросив Алисе на прощанье: «Откусишь с одной стороны—подрастёшь, с другой—уменьшишься!»

«С одной стороны *чего?*» подумала Алиса. «С другой стороны *чего?*»

«Гриба,» ответила Гусеница, словно услышав вопрос, и исчезла из виду.

С минуту Алиса задумчиво смотрела на гриб, пытаясь определить, где у него одна сторона, а где—другая: гриб был круглый, и это совсем сбило её с толку. Наконец она решилась: обхватила гриб руками и отломила с каждой стороны по кусочку.

«Интересно, какой из них какой?» подумала она и откусила немножко от того, который держала в правой руке. В ту же минуту она почувствовала сильный удар снизу в подбородок: он стукнулся о ноги!

Столь внезапная перемена очень её напугала; нельзя было терять ни минуты, ибо она стремительно уменьшалась. Алиса взялась за другой кусок, но подбородок её так прочно прижало к ногам, что она никак не могла открыть рот. Наконец ей это удалось—и она откусила немного гриба из левой руки.

«Ну вот, голова наконец освободилась!» радостно воскликнула Алиса. Впрочем, радость её тут же сменилась тревогой: куда-то пропали плечи. Она взглянула вниз, но увидела только шею невероятной длины, которая, словно стебель,[32] торчала над зелёным морем листвы.

«Что это за *зелень?*» промолвила Алиса. «И куда девались мои *плечи?* Бедные мои ручки, где вы? Почему я вас не вижу?» С этими словами она пошевелила руками, но увидеть их всё равно не смогла, только по листве далеко внизу прошёл шелест.

Убедившись, что поднять руки к голове не удастся, Алиса решила нагнуть *к ним* голову и с восторгом убедилась, что шея у неё, словно змея, гнётся в любом направлении. Алиса выгнула шею изящным зигзагом, готовясь нырнуть в листву (ей уже стало ясно, что это верхушки деревьев, под которыми она только что стояла), как вдруг послышалось громкое шипение. Она вздрогнула и отступила. Прямо в лицо ей, яростно бия крыльями, кинулась горлица.

«Змея!» кричала Горлица.

«Никакая я *не змея!*» возмутилась Алиса. «Оставьте меня в покое!»

«А я говорю, змея!» повторила Горлица несколько сдержаннее. И, всхлипнув, прибавила: «Я всё испробовала—и всё без толку. Они ничем не довольны!»

«Понятия не имею, о чём вы говорите!» сказала Алиса.

«Корни деревьев, речные берега, живые изгороди,» продолжала Горлица, не слушая. «Ох, эти змеи! На них не угодишь!»

Алиса недоумевала всё больше и больше, но понимала, что, пока Горлица не кончит, задавать ей вопросы бессмысленно.

«Мало того, что я высиживаю птенцов, ещё сторожи их день и ночь от змей! Вот уже три недели, как я глаз не сомкнула ни на минутку!»

«Мне очень жаль, что вас так тревожат,» сказала Алиса, которая начала понимать, в чём дело.

«И стоило мне устроиться на самом высоком древе,» продолжала Горлица всё громче и громче и наконец срываясь на крик, «стоило мне подумать, что я наконец-то от них избавилась, как нет! они уже опять тут как тут! Лезут на меня прямо с неба! У-у! Змея подколодная!»

«Никакая я не *змея!*» воскликнула Алиса. «Я просто… просто…»

«Ну, скажи, скажи, *кто* ты такая?» подхватила Горлица. «Сразу видно, хочешь что-то выдумать.»

«Я… я… просто девочка,» не очень уверенно пробормотала Алиса, вспомнив, сколько раз она менялась за этот день.

«Да уж, конечно,» ответила Горлица с величайшим презрением. «Видала я на своем веку много девочек, но с такой шеей—*ни одной!* Нет, меня не проведёшь! Самая настоящая змея—вот ты кто! Ты мне ещё скажешь, что ни разу не пробовала яиц!»

«Нет, отчего же, *пробовала*,» отвечала Алиса. (Она всегда говорила правду.) «Девочки, знаете, тоже едят яйца.»

«Не может быть,» сказала Горлица. «Но, если это так, тогда они тоже змеи,—только и всего!»

Мысль эта так поразила Алису, что она замолчала. А Горлица прибавила: «Знаю, знаю, ты *яйца* ищешь! А девочка ты или змея—мне это безразлично.»

«Но *мне-то* совсем не безразлично,» поспешно возразила Алиса. «К тому же яйца я совсем не ищу. А даже если б и искала, *ваши* мне всё равно не нужны—я сырые не люблю!»

«Ну тогда убирайся!»—хмуро промолвила Горлица и снова уселась на свое гнездо. А Алиса стала спускаться на землю, что оказалось совсем непросто: шея то и дело запутывалась среди ветвей, так что приходилось останавливаться и вытаскивать её оттуда. Немного спусти Алиса вспомнила, что всё ещё держит в руках кусочки гриба, и принялась осторожно, понемножку откусывать сначала от одного, а потом от другого, то вырастая, то уменьшаясь, пока наконец не приняла прежнего вида.

Поначалу это показалось ей очень странным, так как она успела уже отвыкнуть от собственного роста, но вскоре она освоилась и начала опять беседовать сама с собой: «Ну вот, половина задуманного сделана! Как удивительны все эти перемены! Не знаешь, что с тобой будет в следующий миг... Ну хорошо, рост у меня опять прежний. А теперь надо попасть в тот дивный сад. Как же это *сделать?*» Тут она вышла на поляну, где стоял маленький, не более четырёх футов вышиной, домик. «Не знаю, кто там живёт,» подумала Алиса, «но в *таком* виде мне нельзя туда идти—перепугаю их до смерти!» Она принялась откусывать от правого кусочка гриба[33] и не подходила к дому до тех пор, пока не уменьшилась до девяти дюймов.

живёт,» подумала Алиса, «но в *таком* виде мне нельзя туда идти—перепугаю их до смерти!» Она принялась откусывать от правого кусочка гриба[33] и не подходила к дому до тех пор, пока не уменьшилась до девяти дюймов.

Глава VI

Поросёнок и Перец

Она стояла и смотрела в раздумье на дом, как вдруг из лесу выбежал ливрейный лакей и забарабанил в дверь. (Что это лакей, она решила по ливрее; если же судить по лицу, это был просто лещ.) Ему открыл другой ливрейный лакей с круглой физиономией и выпученными глазами, очень похожий на лягушонка. Алиса заметила, что у обоих на головах были пудрёные завитые парики. Ей захотелось узнать, что здесь происходит,—она подошла ближе и стала слушать.

Лакей-Лещ вынул из-под мышки огромное письмо (величиной с него самого, не меньше) и передал его Лягушонку. «Герцогине,» произнёс он с необычайной важностью. «От Королевы. Приглашение на крокет.» Лягушонок принял письмо и так же важно повторил его слова, слегка изменив их порядок: «От Королевы. Герцогине. Приглашение на крокет.»

Затем они поклонились друг другу так низко, что кудри их смешались.

Алису такой смех разобрал, что ей пришлось убежать подальше в лес, чтобы они не услышали; когда же она вернулась и выглянула из-за дерева, Лакея-Леща уже не было, а Лягушонок сидел возле двери на земле, бессмысленно уставившись в небо.

Алиса робко подошла к двери и постучала.

«Не к чему стучать» сказал Лакей. «По двум причинам не к чему: во-первых, я с той же стороны двери, что и ты, а во-вторых, они там так шумят, что никто тебя всё равно не услышит.» И правда, в доме стоял страшный *шум* — кто-то визжал, кто-то чихал, а временами слышался оглушительный звон, будто там били посуду.

«Скажите, пожалуйста,» спросила Алиса, «как мне попасть в дом?»

«Ты бы ещё могла стучать,» рассуждал Лягушонок, не отвечая на вопрос, «если б между нами была дверь. Была бы ты *там*, ты бы постучала—и я бы тогда тебя выпустил.» Всё это время он, не отрываясь, смотрел в небо. Это показалось Алисе чрезвычайно невежливым. «Впрочем, возможно, он в этом не виноват,» подумала она. «Просто у него глаза *почти что* на макушке. Но на вопросы, конечно, он мог бы и отвечать.»—«Как мне попасть в дом?» повторила она громко.

«Буду здесь сидеть,» заметил Лягушонок, «хоть до завтра...»

В эту минуту дверь распахнулась, и в голову Лягушонка полетело огромное блюдо, но Лягушонок и глазом не моргнул—блюдо пролетело мимо, слегка задев его по носу, и разбилось о дерево у него за спиной.

«...хоть до послезавтра,» продолжал он, как ни в чём не бывало.

«Как мне попасть в дом?» повторила Алиса громче.

«А стоит ли туда попадать?» возразил Лягушонок. «Вот в чём вопрос.»

Может быть, так оно и было, но Алисе это совсем не понравилось. «Как они ужасно любят спорить, все эти существа!» пробормотала она про себя.[34] «С ума сведут своими разговорами!»

Лягушонок, видно, решил, что сейчас самое время повторить свои слова с небольшими вариациями. «Так и буду здесь сидеть,» сказал он, «день за днём, месяц за месяцем...»

«А *мне* что делать?» спросила Алиса.

«Что хочешь,» ответил Лягушонок и засвистал.

«Нечего с ним разговаривать,» с досадой подумала Алиса. «Он такой глупый!» Она толкнула дверь и вошла.

В просторной кухне дым стоял столбом; посредине на трёхногом табурете сидела Герцогиня и качала младенца; кухарка у печи склонилась над огромным котлом, до краёв наполненным супом.

«В этом супе слишком много перцу!» подумала Алиса. Она расчихалась и никак не могла остановиться.

Во всяком случае *в воздухе* перцу было слишком много. Даже Герцогиня время от времени чихала, а младенец то чихал, то визжал без передышки. *Не чихали* в кухне только двое: кухарка, да ещё—огромный кот,[35] что сидел у печи и улыбался до ушей.

«Скажите, пожалуйста, почему ваш кот так улыбается?» робко произнесла Алиса. Она не была уверена, вежливо ли будет с её стороны заговорить первой,[36] но не могла удержаться.

«Потому,» сказала Герцогиня. «Это чеширский кот—вот почему! Поросёнок!»[37]

Последнее слово она произнесла с такой яростью, что Алиса прямо подпрыгнула; впрочем, она тут же поняла, что это относится не к ней, а к младенцу, и, приободрившись, продолжала:

«Я и не знала, что чеширские коты всегда улыбаются. По правде говоря, я вообще не знала, что коты *умеют* улыбаться.»

«Умеют,» отвечала Герцогиня. «И почти все улыбаются.»

«Я ни разу такого кота не видала,» учтиво заметила Алиса, очень довольная, что беседа идёт так хорошо.

«Ты многого не видала,» отрезала Герцогиня. «Это уж точно!»

Алисе совсем не понравился её тон, и она подумала, что лучше бы перевести разговор на что-нибудь другое. Пока она размышляла, о чём бы ещё побеседовать, кухарка сняла котёл с печи и, не тратя попусту слов, принялась швырять всё, что попадало ей под руку, в Герцогиню и младенца: совок, кочерга, щипцы для угля полетели им в головы; за ними последовали чашки, тарелки и блюдца. Но Герцогиня и бровью не повела, хоть кое-что в неё и попало; а младенец и раньше так заливался, что невозможно было понять, больно ему или нет.

«Осторожней, *прошу вас*,» закричала Алиса, подскочив от страха. «Ой, прямо в нос! Бедный носик!» (В эту минуту прямо мимо младенца пролетело огромное блюдо и чуть не отхватило ему нос.)

«Если бы кое-кто не совался в чужие дела,» хрипло проворчала Герцогиня, «земля вертелась бы быстрее!»

«Ничего *хорошего* из этого бы не вышло,» возразила Алиса, радуясь случаю хоть немного показать свои знания. «Только представьте себе, что сталось бы с днём и ночью! Ведь земля совершает оборот за двадцать четыре часа...»

«Оборот?» повторила Герцогиня задумчиво. И, повернувшись к кухарке, прибавила: «Возьми-ка её в оборот! Для начала оттяпай ей голову!»

Алиса с тревогой взглянула на кухарку, но та не обратила на этот намёк никакого внимания и продолжала мешать себе суп. «*Кажется*, за двадцать четыре,» продолжала задумчиво Алиса, «а может, за двенадцать?»

«*Меня* не спрашивай,» сказала Герцогиня. «С числами я никогда не ладила!» Она запела колыбельную и принялась качать младенца, яростно встряхивая его в конце каждого куплета.

> *«Лупите своего сынка*
> *За то, что он чихает.*
> *Он дразнит вас наверняка,*
> *Нарочно раздражает!»*

ПРИПЕВ
(его подхватили младенец и кухарка):—
«Уа! Уа! Уа!»[38]

Герцогиня запела второй куплет, подбрасывая младенца к потолку, а тот так визжал, что Алиса едва разбирала слова.

> *«Сынка любая лупит мать*
> *За то, что он чихает.*
> *Он мог бы перец обожать,*
> *Да только не желает!»*

ПРИПЕВ
«Уа! Уа! Уа!»

«Держи!» крикнула вдруг Герцогиня и швырнула Алисе младенца. «Можешь покачать его немного, если это тебе так нравится. А мне надо пойти и переодеться к крокету у Королевы.» С этими словами она выбежала из кухни. Кухарка швырнула ей вдогонку сковородку,[39] но промахнулась.

Алиса едва удерживала младенца в руках: выглядел он как-то странно, а руки и ноги торчали в разные стороны, как у морской звезды. Бедняжка пыхтел, словно паровоз, когда Алиса его поймала, и при этом всё время сгибался пополам и снова распрямлялся, так что в первую пару минут Алиса едва смогла его удержать.[40]

Наконец она поняла, как надо с ним обращаться: взяла его одной рукой за правое ухо, а другой—за левую ногу, скрутила в узел и держала, не выпуская ни на минуту. Так ей удалось вынести его из дома. «Если я не возьму малыша с собой,» подумала Алиса, «они через денёк-другой его прикончат. Оставить его здесь—просто преступление!» Последние слова она произнесла вслух, и младенец хрюкнул в ответ[41] (чихать он уже перестал). «Не хрюкай,» сказала Алиса. «Так свои мысли не выражают!»

Младенец снова хрюкнул—Алиса с тревогой взглянула ему в лицо, чтобы понять, что с ним происходит. Лицо показалось ей очень подозрительным: нос *такой* вздёрнутый, что походил скорее на пятачок, а глаза слишком маленькие для младенца. В целом вид его Алисе совсем не понравился. «Может, он просто всхлипнул,» подумала она и посмотрела ему в глаза, нет ли там слёз.

Слёз не было и в помине. «Вот что, мой милый,» сказала Алиса серьёзно, «если ты собираешься превратиться в поросёнка, я с тобой больше знаться не стану. Так что смотри!» Бедняжка снова всхлипнул (или всхрюкнул— трудно сказать!), и они продолжали свой путь в молчании.

Алиса уже начала подумывать о том, что с ним делать, когда она вернётся домой, как вдруг он опять захрюкал, да так громко, что она перепугалась. Она вгляделась ему в лицо и *ясно* увидела: это был самый настоящий поросёнок! Глупо было бы нести его дальше.

Алиса пустила его на землю и с облегчением увидела, как он спокойно затрусил прочь.[42] «Если б он немного подрос,» подумала она, «из него вышел бы весьма неприятный ребёнок. А как поросёнок он очень даже мил!» И она принялась вспоминать других детей, из которых вышли бы отличные поросята. «Знать бы только, как их превращать,» подумала она и вздрогнула: в нескольких шагах от неё на ветке сидел Чеширский Кот.

Завидев Алису, Кот только улыбнулся. Вид у него был добродушный, но когти длинные, а зубов так много, что Алиса сразу поняла, что к нему надо относиться с уважением.[43]

«Котик! Чешик!» робко начала Алиса. Она не знала, понравится ли ему это имя, но он только шире улыбнулся в ответ. «Ничего,» подумала Алиса, «кажется, доволен.» Вслух же она спросила: «Скажите, пожалуйста, куда мне отсюда идти?»

«А куда ты хочешь попасть?» ответил Кот.

«Мне всё равно…» сказала Алиса.

«Тогда всё равно, куда и идти,» заметил Кот.

«…только бы попасть *куда-нибудь*,» пояснила Алиса.

«Куда-нибудь ты обязательно попадёшь,» сказал Кот. «Нужно только достаточно долго идти.»

С этим нельзя было не согласиться—Алиса решила переменить тему. «А что здесь за люди живут?» спросила она.

«Вон *там*,» сказал Кот и махнул правой лапой, «живёт Болванщик. А *там*,» и он махнул левой, «Мартовский Заяц. Всё равно, к кому ты пойдёшь. Оба не в своём уме.»

«На что мне безумцы?» возразила Алиса.

«Ничего не поделаешь,» заметил Кот. «Все мы здесь не в своём уме—и ты, и я.»

«Откуда вы знаете, что я не в своём уме?» спросила Алиса.

«Конечно, не в своём,» ответил Кот. «Иначе как бы ты здесь оказалась?»

Довод этот показался Алисе совсем неубедительным, но она не стала спорить, а только поинтересовалась: «А откуда вы знаете, что вы не в своём уме?»

«Начнем с того, что пёс в своём уме. Согласна?»

«Допустим,» согласилась Алиса.

«Дальше,» сказал Кот. «Пёс ворчит, когда сердится, а когда доволен, виляет хвостом. Ну, а я ворчу, когда я доволен, и виляю хвостом, когда сержусь. Следовательно, я не в своём уме.»

«*По-моему*, вы не ворчите, а мурлыкаете,» возразила Алиса. «Во всяком случае, я это так называю.»

«Называй как хочешь,» ответил Кот, «суть от этого не меняется. Ты играешь сегодня в крокет у Королевы?»

«Мне бы очень хотелось,» сказала Алиса, «но меня ещё не пригласили.»

«Там и увидимся,» молвил Кот и исчез.

Алиса не очень этому удивилась—она уже начала привыкать ко всяким странностям. Она стояла и смотрела на ветку, где только что сидел Кот, как вдруг он снова возник на том же месте.

«Кстати, что сталось с ребёнком?» сказал Кот. «Совсем забыл тебя спросить.»

«Он превратился в поросёнка,» ответила Алиса спокойно, как будто Кот вернулся естественным способом.[44]

«Я так и думал,» сказал Кот и снова исчез.

Алиса подождала немного, не появится ли он опять, но он не появлялся, и она пошла туда, где, по его словам, жил Мартовский Заяц. «Шляпных дел мастеров я уже видела,» говорила она про себя. «Мартовский Заяц, по-моему, куда интереснее. К тому же сейчас май—возможно, он уже не настолько безумен, как в марте.»[45] Тут она подняла глаза и снова увидела на ветке Кота.

«Как ты сказала: „в поросёнка“ или „в гусёнка“?» спросил Кот.

«Я сказала: „в поросёнка“,» ответила Алиса. «А не могли бы вы появляться и исчезать не так внезапно? А то у меня голова идёт кругом.»

«Хорошо,» сказал Кот и исчез, на этот раз очень медленно: первым исчез кончик его хвоста, а последней—улыбка; она долго ещё парила в воздухе, когда всё остальное уже пропало.

«Ну и ну!» подумала Алиса. «Видала я котов без улыбок, но улыбка без кота! Такого я в жизни ещё не встречала!»

Пройдя немного дальше, она увидела домик Мартовского Зайца. Ошибиться было невозможно—на крыше из заячьего меха торчали две трубы, удивительно похожие на заячьи уши. Дом был такой большой, что Алиса предпочла не подходить ближе, пока не съела достаточно от левого куска гриба.[46] Подождав, пока не вырастет до двух футов, она неуверенно двинулась к дому. «А вдруг он всё-таки буйный?» думала она. «Пошла бы я лучше к Болванщику!»

Глава VII

Безумное Чаепитие

Около дома под деревом стоял накрытый стол, а за столом пили чай Болванщик и Мартовский Заяц; между ними крепко спала Мышь-Соня.[47] Болванщик и Заяц облокотились на неё, словно на подушку, и разговаривали через её голову. «Бедная Соня,» подумала Алиса. «Как ей, наверно, неудобно! Впрочем, она спит—значит, ей всё равно.»

Стол был большой, но чаёвники сидели с одного края, на уголке. Завидев Алису, они закричали: «Занято! Занято! Мест нет!»—«Места *сколько угодно*!» возмутилась Алиса и уселась в большое кресло во главе стола.

«Выпей вина,» бодро предложил Мартовский Заяц.

Алиса посмотрела на стол, но он был накрыт только к чаю.[48] «Я что-то вина не вижу,» сказала она.

«Ещё бы! Его здесь и нет!» объявил Мартовский Заяц.

«Зачем же вы мне его предлагаете?» рассердилась Алиса. «Это не очень-то вежливо.»

«А зачем ты уселась без приглашения?» ответил Мартовский Заяц. – Это тоже не очень-то вежливо.»

«Я не знала, что это стол только *для вас*,» сказала Алиса. «Приборов здесь гораздо больше.»

«Что-то ты слишком обросла!» заговорил вдруг Болванщик. До сих пор он молчал и только с любопытством разглядывал Алису. «Не мешало бы постричься.»

«Научитесь не переходить на личности,» отвечала Алиса не без строгости. «Это очень грубо.»

Болванщик широко открыл глаза, но не нашёлся, что ответить. «Чем ворон похож на конторку?» спросил он наконец.

«Так-то лучше,» подумала Алиса. «Загадки—это гораздо веселее…»—«По-моему, это я могу отгадать,» сказала она вслух.

«Ты хочешь сказать, что думаешь, будто знаешь ответ на эту загадку?» спросил Мартовский Заяц.

«Совершенно верно,» согласилась Алиса.

«Так бы и сказала,» заметил Мартовский Заяц. «Нужно всегда говорить то, что думаешь.»

«Я так и делаю,» поспешила объяснить Алиса. «По крайней мере… По крайней мере я всегда думаю то, что говорю… а это одно и то же…»

«Совсем не одно и то же,» возразил Болванщик. «Так ты ещё, чего доброго, скажешь, будто „Я вижу то, что ем“ и „Я ем то, что вижу“—одно и то же!»

«Так ты ещё скажешь, будто „Что имею, то люблю“ и „Что люблю, то имею“—одно и то же!» подхватил Мартовский Заяц.

«Так ты ещё скажешь,» проговорила, не открывая глаз, Соня, «будто „Я дышу, пока сплю“ и „Я сплю, пока дышу“—одно и то же!»

«Для *тебя-то* это, во всяком случае, одно и то же!» сказал Болванщик, и на этом разговор оборвался. С минуту все сидели молча, а Алиса меж тем пыталась вспомнить то немногое, что она знала про воронов и конторки.

Первым заговорил Болванщик. «Какое сегодня число?» спросил он, поворачиваясь к Алисе и вынимая из кармана часы. Он с тревогой поглядел на них, потряс и приложил к уху.

Алиса подумала и ответила: «Четвёртое.»

«Ошибаются на два дня!»[49] вздохнул Болванщик. «Я же говорил: нельзя их смазывать сливочным маслом!» прибавил он сердито, поворачиваясь к Мартовскому Зайцу.

«Масло было *самое свежее*,» робко возразил Заяц.

«Да, но туда, верно, попали крошки,» проворчал Болванщик. «Не надо было мазать хлебным ножом.»

Мартовский Заяц взял часы и уныло посмотрел на них, потом окунул их в чашку с чаем и снова посмотрел. «Уверяю тебя, масло было *самое свежее*,» повторил он. Видно, больше ничего не мог придумать.

Алиса с любопытством глядела из-за его плеча. «Какие смешные часы!» заметила она. «Они показывают число, а не час!»

«А что тут такого?» пробормотал Болванщик. «Разве *твои* часы показывают год?»

«Конечно, нет,» отвечала с готовностью Алиса. «Ведь год тянется очень долго!»

«Ну и у *меня* то же самое!» сказал Болванщик.

Алиса растерялась. В словах Болванщика как будто не было смысла, хоть каждое слово в отдельности и было понятно. «Я не совсем вас понимаю,» проговорила она учтиво.

«Соня опять спит,» заметил Болванщик и плеснул ей на нос горячего чаю.

Соня с досадой помотала головой и, не открывая глаз, проговорила: «Конечно, конечно, я как раз собиралась сказать то же самое.»

«Отгадала загадку?» спросил Болванщик, снова поворачиваясь к Алисе.

«Нет,» ответила Алиса. «Сдаюсь. Какой же ответ?»

«Понятия не имею,» объявил Болванщик.

«И я тоже,» подхватил Мартовский Заяц.

Алиса устало вздохнула.[50] «Если вам нечего делать,» сказала она с досадой, «придумали бы что-нибудь получше загадок без ответа. А так только попусту теряете время!»

«Ты бы этого не сказала, если бы ты знала Время так же хорошо, как я,» возразил Болванщик, «*Его* не потеряешь! Не на *такого* напали!»

«Не понимаю, что вы хотите этим сказать» сказала Алиса.

«Ещё бы!» презрительно тряхнул головой Болванщик. «Ты с ним небось никогда не говорила!»

«Может, и не говорила,» осторожно отвечала Алиса. «Зато не раз думала о том, как бы убить время!»

«А-а! тогда всё понятно,» сказал Болванщик. «Убить Время! Разве такое ему может понравиться! Ты бы лучше с ним не ссорилась—тогда ты могла бы просить у него всё, что угодно. Допустим, сейчас девять часов утра—пора идти на занятия. А ты шепнула ему словечко и—р-раз!—стрелки побежали вперёд! Половина второго—обед!»

(«Вот бы хорошо,» тихонько вздохнул Мартовский Заяц.)

«Конечно, это было бы прекрасно,» задумчиво сказала Алиса, «но ведь я не успею проголодаться.»

«Сначала, возможно, и нет,» ответил Болванщик. «Но ведь ты можешь сколько угодно держать стрелки на половине второго.»

«Вы так и *поступили*, да?» спросила Алиса.

Болванщик мрачно покачал головой. «Нет,» ответил он. «Мы с ним поссорились в марте—как раз перед тем, как *этот вот* (он указал ложечкой на Мартовского Зайца) спятил. Королева давала большой концерт, я должен был петь „*Филина*“.

„*Ты мигаешь, филин мой,*
Я не знаю, что с тобой!“

Знаешь эту песню?»

«Что-то такое я слышала,» сказала Алиса.

«А дальше вот как,» продолжал Болванщик:—

„Высоко же ты над нами,
Как поднос над небесами!“»

Тут Соня встрепенулась и запела во сне: «*Ты мигаешь,
мигаешь, мигаешь, мигаешь…*»[51] Она никак не могла
остановиться—пришлось Зайцу и Болванщику ущипнуть
её с двух сторон, чтобы она замолчала.

«Только я кончил первый куплет, как кто то сказал:
„Конечно, лучше б он помолчал, но надо же как-то убить
время!“ Королева как закричит: „Убить Время! Он хочет
убить Время! Рубите ему голову!“»

«Какая жестокость!» воскликнула Алиса.

«С тех пор,» продолжал грустно Болванщик, «Время для
меня палец о палец не ударит! И на часах всё шесть да
шесть…»

Тут Алису осенило. «Поэтому здесь и накрыто к чаю?»
спросила она.

«Да,» отвечал Болванщик со вздохом. «Здесь вечно пора
пить чай—мы даже посуду вымыть не успеваем!»

«И просто пересаживаетесь, да?» догадалась Алиса.

«Совершенно верно,» сказал Болванщик. «Выпьем
чашку и пересядем к следующей.»

«А когда вы снова доходите до начала, тогда что?»[52] рискнула спросить Алиса.

«Не переменить ли нам тему?» предложил, зевая, Мартовский Заяц. «Надоели мне эти разговоры. Я предлагаю:
пусть барышня расскажет нам сказку.»

«Боюсь, что я ничего не знаю,» испугалась Алиса.

«Тогда пусть рассказывает Соня,» закричали Болванщик и Заяц. «Соня, проснись!»

Соня медленно открыла глаза. «Я и не думала спать,» прошептала она хрипло. «Я слышала всё, что вы говорили.»

«Рассказывай сказку!» потребовал Мартовский Заяц.

«Да, пожалуйста, расскажите,» подхватила Алиса.

«И поторапливайся,» прибавил Болванщик. «А то опять заснёшь!»[53]

«Жили-были три сестрички,» быстро начала Соня. «Звали их Элси, Лэси и Тилли, а жили они на дне колодца…»

«А что они ели?» спросила Алиса, которую всегда интересовало, что люди едят и пьют.

«Кисель,» отвечала, немного подумав, Соня.

«Всё время один кисель? Это невозможно,» мягко возразила Алиса. «Они бы тогда заболели.»

«Они и заболели,» сказала Соня. «И *очень серьёзно.*»

Алиса пыталась понять, как это можно всю жизнь есть один кисель, но это было до того странно, что она только спросила: «А почему они жили на дне колодца?»

«Выпей ещё чаю,» сказал Мартовский Заяц, наклоняясь к Алисе.

«Ещё?» переспросила Алиса с обидой. «Я пока ничего не пила.»

«Больше чаю она не желает,» произнёс Мартовский Заяц в пространство.

«Ты, верно, хочешь сказать, что *меньше* чаю она не желает: гораздо *проще* выпить больше, а не меньше, чем ничего,» сказал Болванщик.

«*Вашего* мнения никто не спрашивал,» сказала Алиса.

«А теперь кто переходит на личности?» спросил Болванщик с торжеством.

Алиса не знала, что на это ответить. Она налила себе чаю и намазала хлеб маслом, а потом повернулась к Соне и повторила свой вопрос: «Так почему же они жили на дне колодца?»

Соня опять задумалась и наконец сказала: «Потому что в колодце был кисель.»

«Таких колодцев не бывает,» возмутилась Алиса. Но Болванщик и Мартовский Заяц на неё зашикали, а Соня угрюмо пробормотала: «Если ты не умеешь себя вести, досказывай сама!»

«Простите,» покорно сказала Алиса. «Пожалуйста, продолжайте, я больше не буду перебивать. Может, где-нибудь и есть *один* такой колодец.»

«Тоже сказала—„один“!» фыркнула Соня. Впрочем, она согласилась продолжать рассказ. «И надо вам сказать, что эти три сестрички жили *припиваючи…*»

«*Припеваючи?*» переспросила Алиса. «А что они пели?»

«Не пели, а пили,» ответила Соня. «Кисель, конечно.»

«Мне нужна чистая чашка,» перебил её Болванщик. «Давайте подвинемся.»

И он пересел на соседний стул. Соня села на его место, Мартовский Заяц—на место Сони, а Алиса, скрепя сердце,—на место Зайца. Выиграл при этом один Болванщик; Алиса, напротив, сильно проиграла, потому что Мартовский Заяц только что опрокинул себе в тарелку молочник.

Алисе не хотелось опять обижать Соню, и она осторожно спросила: «Я не понимаю… Как же они там жили?»

«Чего там не понимать,» сказал Болванщик. «Живут же рыбы в воде. А эти сестрички жили в киселе! Поняла, глупышка?»

«Но почему?» спросила Алиса Соню, сделав вид, что не слышала последнего замечания Болванщика.

«Потому что они были *кисельные* барышни,» ответила Соня.[54]

Этот ответ так смутил бедную Алису, что она замолчала.

«Так они и жили,» продолжала Соня сонным голосом, зевая и протирая глаза, «как рыбы в киселе. А ещё они рисовали… всякую всячину… всё, что начинается на М…»

«Почему же на М?» удивилась Алиса.

«А почему бы и нет?» возразил Мартовский Заяц.

Алиса промолчала.

«Мне бы тоже хотелось порисовать,» сказала она наконец. «У колодца.»

«Порисовать и *уколоться?*» переспросил Заяц.

Соня меж тем закрыла глаза и задремала. Но тут Болванщик её ущипнул, она взвизгнула и проснулась. «…начинается на М,» продолжала она. «Они рисовали мышеловки, месяц, мысли, множество… Ты когда-нибудь видела, как рисуют множество?»

«Множество чего?» спросила Алиса.

«Ничего,» отвечала Соня. «Просто множество!»[55]

«Не знаю,» начала Алиса, «возможно…»

«А не знаешь—молчи,» оборвал её Болванщик.

Такой грубости Алиса стерпеть не могла: она встала в чрезвычайном неудовольствии и пошла прочь.[56] Соня тут же заснула, а Заяц и Болванщик не обратили на Алисин уход никакого внимания, хоть она и обернулась раза два, надеясь, что они одумаются и позовут её обратно. Оглянувшись в последний раз, она увидела, что они засовывают Соню в чайник.

«Больше я туда ни за что не пойду!» твердила про себя Алиса, пробираясь по лесу. «В жизни не видала такого глупого чаепития!»

Тут она заметила в одном дереве дверцу. «Как странно!» подумала Алиса. «Впрочем, сегодня всё странно. Войду-ка я в эту дверцу.»

Так она и сделала—и снова оказалась в длинном зале возле стеклянного столика. «Ну теперь-то я буду умнее,» сказала она про себя, взяла ключик и прежде всего отперла дверцу, ведущую в сад. А потом вынула кусочки гриба, которые лежали у неё в кармане, и ела, пока не стала с фут ростом. Тогда она пробралась по узкому коридорчику—и *наконец* очутилась в чудесном саду среди ярких цветов и прохладных фонтанов.

Глава VIII

Королевский Крокет

У входа в сад рос большой розовый куст—розы на нём были белые, но возле стояли три садовника и усердно красили их в алый цвет. Алиса удивилась и подошла поближе, чтобы узнать, что там происходит. Подходя, она услышала, как один из садовников сказал другому: «Поосторожней, Пятёрка! Опять ты меня забрызгал!»

«Я не виноват,» отвечал Пятёрка хмуро. «Это Семёрка толкнул меня под локоть!»

Семёрка посмотрел на него и сказал: «Правильно, Пятёрка! Всегда сваливай на другого!»

«*Ты* бы лучше помалкивал,» сказал Пятёрка. «Вчера я своими ушами слышал, как Королева сказала, что тебе давно пора отрубить голову!»

«За что?» спросил первый садовник.

«*Тебя*, Двойка, это не касается!» отрезал Семёрка.

«Нет, *касается*,» возразил Пятёрка. «И я ему скажу, за что. За то, что он принёс кухарке луковки тюльпанов вместо лука!»

Семёрка швырнул кисть. «Ну, знаете, такой несправедливости…» начал он, но тут взгляд его упал на Алису, и он смолк. Двое других оглянулись, и все трое склонились в низком поклоне.

«Скажите, пожалуйста,» робко спросила Алиса, «зачем вы красите эти розы?»

Пятерка с Семёркой ничего не сказали, но посмотрели на Двойку; тот тихо объяснил: «Понимаете, барышня, посадить-то нужно было *алые* розы, а мы, дураки, посадили белые. Если Королева узнает, нам, знаете, отрубят головы. Так что, барышня, мы тут стараемся, пока она не пришла…» В эту минуту Пятёрка (он всё время с тревогой вглядывался в сад) крикнул: «Королева! Королева!»

Садовники пали ниц. Послышались шаги. Алиса обернулась—ей не терпелось увидеть Королеву.

Впереди выступали десять солдат с пиками в руках; они были очень похожи на садовников—такие же плоские и четырёхугольные, с руками и ногами по углам. За ними шагали десять придворных; их одежды были расшиты крестами, а шли они так же по двое, как и солдаты. За придворными бежали королевские дети, на одеждах которых красовались вышитые червонным золотом сердечки; их было тоже десять; милые крошки держались за руки и весело подпрыгивали на ходу. За ними шествовали гости, всё больше Короли и Королевы. Был там и Белый Кролик; он что-то быстро и нервно говорил и всем улыбался. Он прошёл мимо Алисы и не заметил её. За гостями шёл Червонный Валет, который нёс на малиновой подушке корону. А замыкали это великолепное шествие ЧЕРВОННЫЕ КОРОЛЬ И КОРОЛЕВА.

Алиса заколебалась: может, и ей надо пасть ниц, как трём садовникам?[57] Однако никаких правил на этот счет она не помнила. «К чему тогда устраивать шествия, если все будут падать ниц?» думала она. «Никто тогда ничего не увидит…» И она осталась стоять.

Когда шествие поравнялось с Алисой, все остановились и уставились на неё, а Королева сурово спросила: «Это ещё кто?» Она обращалась к Валету, но тот лишь улыбнулся и поклонился в ответ.

«Глупец!» бросила Королева, раздраженно мотнув головой. Потом она обернулась к Алисе: «Как тебя зовут, дитя?»

«Меня зовут Алисой, с позволения Вашего Величества,» ответила Алиса учтиво. Про себя же она подумала: «Да это всего-навсего колода карт! Чего же мне их бояться?»

«А *это* кто такие?» спросила Королева, указывая на повалившихся вокруг куста садовников. Они лежали лицом вниз, а так как рубашки у всех в колоде были одинаковые, она не могла разобрать, садовники это, солдаты, придворные или трое из её собственных детей.[58]

«Откуда мне знать,» ответила Алиса, удивляясь своей смелости. «*Меня* это не касается.»

Королева побагровела от ярости и, сверкнув, словно дикий зверь, на неё глазами, завопила во весь голос: «Отрубить ей голову! Отрубить…»

«Чепуха!» сказала Алиса очень громко и решительно. Королева умолкла.

А Король дотронулся до её руки[59] и робко произнёс: «Одумайся, дружок! Она ведь совсем ребёнок!»

Королева сердито отвернулась от него и приказала Валету: «Переверни их!»

Валет осторожно перевернул садовников носком сапога.

«Встать!» крикнула Королева громким пронзительным голосом. Садовники вскочили и принялись кланяться Королеве, Королю, королевским детям и всем остальным.

«Сию же минуту перестаньте!» завопила Королева. «У меня от ваших поклонов голова закружилась!» И, взглянув на куст роз, она прибавила: «А что это вы тут *делали?*»

«С позволения Вашего Величества,» смиренно начал Двойка, опускаясь на одно колено, «мы хотели…»

«Всё *ясно!*» произнесла Королева, которая тем временем внимательно разглядывала розы. «Отрубить им головы!» И шествие двинулось дальше. Только три солдата задержались, чтобы привести приговор в исполнение. Несчастные садовники бросились к Алисе за помощью.

«Вас не казнят!» сказала Алиса, и сунула их в большой цветочный горшок, который стоял поблизости. Трое солдат минуту-другую походили вокруг в поисках садовников, а затем спокойно зашагали вслед за всеми остальными.[60]

«Ну что, отрубили им головы?» крикнула Королева.

«Пропали их головы, Ваше Величество,» гаркнули солдаты.

«Отлично!» завопила Королева. «Сыграем в крокет?»

Солдаты молча взглянули на Алису: видно, Королева обращалась к ней.

«Сыграем!» крикнула Алиса.

«Тогда пошли!»[61] взревела Королева. И Алиса вошла в толпу гостей, с недоумением спрашивая себя, что же будет дальше.

«Какая… какая прекрасная сегодня погода, не правда ли?» робко произнёс кто-то. Она подняла глаза и увидела, что рядом идёт Белый Кролик и беспокойно заглядывает ей в лицо.

«Да, погода чудесная,» согласилась Алиса. «А где же Герцогиня?»

«Ш—ш—ш,» зашипел Кролик, тревожно оглядываясь. Он поднялся на цыпочки и шепнул ей прямо в ухо: «Её приговорили к казни.»

«За что?» удивилась Алиса.

«Ты, кажется, сказала: „Как жаль“?» спросил Кролик.

«И не думала,» отвечала Алиса. «Совсем мне её не жаль! Я сказала: „За что?“»

«Она надавала Королеве пощёчин,» проговорил Кролик. Алиса радостно фыркнула. «Тише!» испугался Кролик. «Вдруг Королева услышит! Понимаешь, Герцогиня опоздала, а Королева говорит…»

«Все по местам!» закричала Королева громовым голосом. И все побежали, натыкаясь друг на друга,—через минуту все уже стояли на своих местах, и игра началась.

Алиса подумала, что в жизни не видала такой странной площадки для игры в крокет: сплошные рытвины и кочки; шарами служили ежи, молотками—фламинго, а воротцами—солдаты, которые сгибались пополам, вставали на руки и на ноги[62]—да так и стояли, пока шла игра.

Поначалу Алиса никак не могла справиться со своим фламинго: только сунет его вниз головой под мышку, отведёт ему ноги назад, нацелится и соберётся ударить им по ежу, как он изогнёт шею и поглядит ей прямо в глаза, да так удивлённо, что она начинает смеяться; а когда ей удастся снова опустить его вниз головой, глядь!—ежа уже нет, он развернулся и тихонько трусит себе прочь. К тому же все ежи у неё попадали в рытвины или на кочки, а солдаты-воротца разгибались и уходили на другой конец площадки. Словом, Алиса скоро решила, что это очень трудная игра.

Игроки били все сразу, не дожидаясь своей очереди, и всё время ссорились и дрались из-за ежей; в скором времени Королева пришла в бешенство, топала ногами и то и дело кричала: «Отрубить ей голову! Голову ему долой!»

Алиса забеспокоилась; правда, она ещё ни разу не спорила с Королевой, но это могло случиться в любую минуту. «Что со мной тогда будет?» думала Алиса. «Здесь так любят рубить головы. Странно, что кто-то ещё вообще уцелел!»

Она огляделась и принялась размышлять о том, как бы незаметно улизнуть, но вдруг в воздухе появилось что-то непонятное.[63] Сначала Алиса никак не могла понять, что же это такое, но через минуту сообразила, что это была улыбка.[64] «Это Чеширский Кот,» сказала она про себя. «Вот хорошо! Будет с кем поговорить, по крайней мере!»

«Ну как дела?» спросил Кот, как только рот его обозначился в воздухе.

Алиса подождала, пока не появятся глаза, и кивнула. «Отвечать сейчас всё равно бесполезно,» подумала она. «Подожду, пока появятся уши—или хотя бы одно!» Через минуту показалась уже вся голова; Алиса поставила фламинго на землю и начала свой рассказ, радуясь, что у неё появился собеседник. Кот, очевидно, решил, что головы вполне достаточно, и дальше возникать не стал.

«По-моему, они играют совсем не так» пожаловалась Алиса. «Справедливости никакой, и все так кричат, что собственного голоса не слышно. Правил особых нет, а если есть, то никто их не соблюдает. Вы себе не представляете, как трудно играть, когда всё живое. Например, воротца, через которые мне надо сейчас проходить, пошли гулять на ту сторону площадки! Я бы отогнала сейчас ежа Королевы—да только он убежал, едва завидел моего!»

«А как тебе нравится Королева?» спросил Кот тихо.

«Совсем не нравится,» отвечала Алиса. «Она так...» В эту минуту она заметила, что Королева стоит у неё за спиной и подслушивает. «...хорошо играет,» быстро закончила Алиса, «что хоть сразу сдавайся.»

Королева улыбнулась и отошла.

«С кем это ты разговариваешь?» спросил Король, подходя к Алисе и с большим любопытством глядя на голову Кота.[65]

«Это мой друг, Чеширский Кот,» отвечала Алиса. «Разрешите представить...»

«Что-то он мне совсем не нравится,» заметил Король. «Впрочем, пусть поцелует мне руку, если хочет.»

«Особого желания не имею,» сказал Кот.

«Не смей говорить дерзости,» пробормотал Король. «И не смотри так на меня.» И он спрятался у Алисы за спиной.

«Коту на короля смотреть не возбраняется,» сказала Алиса. «Я это где-то читала, не помню только—где.»

«Нет, надо его убрать,» решительно заявил Король. Увидев проходившую мимо Королеву, он крикнул: «Душенька, вели убрать этого кота!»

У Королевы был только один способ разрешения проблем, больших или маленьких.[66] «Отрубить ему голову!» крикнула она не глядя.

«Я сам приведу палача!» обрадовался Король и убежал.

Алиса услыхала, как Королева что-то яростно кричит вдалеке, и пошла посмотреть, что там происходит. Она уже слышала, как Королева приказала отрубить головы трём игрокам за то, что они пропустили свою очередь. В целом происходящее очень не понравилось Алисе: вокруг царила такая путаница, что она никак не могла понять, кому играть. И она побрела прочь в поисках своего ежа.

Когда она его увидела, он дрался с другим ежом; казалось бы, это была прекрасная возможность ударить но ним,[67] однако трудность заключалась в том, что Алисин фламинго забрёл на другой конец сада и безуспешно пытался там взлететь на дерево.

Когда Алиса наконец поймала его и принесла обратно, ежи уже перестали драться и разбежались «Ну и пусть,» подумала Алиса. «Всё равно воротца тоже ушли.» Она сунула фламинго под мышку, чтобы он снова не убежал, и вернулась к Коту; ей хотелось ещё с ним поговорить.

Подойдя к тому месту, где в воздухе парила его голова, она с удивлением увидела, что вокруг образовалась большая толпа. Палач, Король и Королева шумно спорили; каждый кричал своё, не слушая другого, а остальные молчали и только робко переминались с ноги на ногу.

Завидев Алису, все трое бросились к ней, чтобы она разрешила их спор. Они громко повторяли свои доводы, но, так как говорили все разом, она никак не могла понять, в чём дело.

Палач говорил, что нельзя отрубить голову, когда, кроме головы, ничего больше нет; он такого в жизни не делал и делать не собирается—*стар* он для этого, вот что!

Король говорил, что раз есть голова, то, значит, её можно отрубить—и нечего нести вздор!

А Королева говорила, что, если сию же минуту они не перестанут болтать и не примутся за дело, она велит отрубить головы всем подряд! (Эти-то слова и повергли общество в уныние и тревогу.)[68]

Алиса не нашла ничего лучшего, как сказать: «Кот принадлежит Герцогине—следовало бы посоветоваться *с ней*.»

«Она в тюрьме,» сказала Королева и повернулась к палачу. «Веди её сюда!» Палач со всех ног бросился исполнять приказ.

Как только он убежал, голова Кота начала медленно таять в воздухе, так что к тому времени, когда палач привёл Герцогиню, головы уже не было видно. Король и палач заметались по крокетной площадке, а гости вернулись к игре.

Глава IX

Повесть Черепахи Квази

«Ах, милая, ты и представить себе не можешь, как я рада тебя видеть,» нежно сказала Герцогиня, взяв Алису под руку, и повела её прочь.

Алиса приятно удивилась, увидев Герцогиню в столь отличном расположении духа, и подумала, что это, видно, от перца она была такой вспыльчивой.

«Когда *я* буду Герцогиней,» сказала она про себя (без особой, правда, надежды), «у меня в кухне *совсем* не будет перца. Суп и без него вкусный! От перца, верно, и начинают всем перечить...» Алиса очень обрадовалась, что, похоже, открыла новый закон. «От уксуса—куксятся,» продолжала она задумчиво, «от горчицы—огорчаются, от лука—лукавят, от вина—винятся, а от сдобы—добреют. Как жалко, что никто об этом не знает... Всё было бы так *просто*. Ели бы сдобу—и добрели!»

Она совсем забыла о Герцогине и вздрогнула, когда та сказала ей прямо в ухо: «Ты о чём-то задумалась, милочка, и не говоришь ни слова. А мораль отсюда такова... нет, что-то не соображу! Ничего, потом вспомню...»

«А, может, здесь и нет никакой морали,» решилась заметить Алиса.

«Как это нет!» возразила Герцогиня. «Во всём есть своя мораль, дитя, нужно только уметь её найти!» И с этими словами она прижалась к Алисе.

Алисе это совсем не понравилось: во-первых, Герцогиня была такая *безобразная*, а, во-вторых, подбородок её приходился как раз на уровне Алисиного плеча, и подбородок этот был очень острый. Однако Алисе не хотелось быть невежливой, и она продолжала терпеть.[69]

«Игра, кажется, пошла веселее,» заметила она, чтобы как-то поддержать разговор.

«Я совершенно с тобой согласна,» подхватила Герцогиня. «А мораль *отсюда* такова: „Любовь, любовь, ты движешь миром…“»

«А мне казалось, кто-то говорил, будто самое главное— не соваться в чужие дела,» шепнула Алиса.

«Так это одно и то же,» промолвила Герцогиня, вонзая подбородок в Алисино плечо. «А мораль отсюда *такова*: „Думай о смысле, а слова придут сами“!»

«Как она любит всюду находить мораль,» подумала Алиса.

«Ты, конечно, удивляешься,» произнесла Герцогиня, «почему я не обниму тебя за талию. Сказать по правде, я не совсем уверена в доброте твоего фламинго.[70] Или всё же рискнуть?»

«Он может и укусить,» сказала благоразумная Алиса, которой совсем не хотелось, чтоб Герцогиня её обнимала.

«Совершенно верно,» подтвердила Герцогиня. «Фламинго кусаются не хуже горчицы. А мораль отсюда такова: „Это птицы одного полёта“!»

«Только горчица совсем не птица,» заметила Алиса.

«Ты, как всегда, совершенно права,» согласилась Герцогиня. «Какая ясность мысли!»

«*Кажется*, горчица—минерал,» продолжала Алиса задумчиво.

«Конечно, минерал,» кивнула Герцогиня. Она готова была соглашаться со всем, что скажет Алиса. «Минерал огромной взрывчатой силы. Из неё делают мины и закладывают при подкопах… А мораль отсюда такова: „Хорошая мина при плохой игре—самое главное“!»

«Вспомнила,» воскликнула вдруг Алиса, пропустившая мимо ушей последние слова Герцогини. «Горчица—это овощ. Правда, на овощ она не похожа—и всё-таки это овощ!»

«Я совершенно с тобой согласна,» сказала Герцогиня. «А мораль отсюда такова: „Всякому овощу своё время“. Или, хочешь, я сформулирую это попроще: „Никогда не думай, что ты иная, чем могла бы быть иначе, чем будучи иной в тех случаях, когда иначе нельзя не быть“.»

«Мне кажется, я бы лучше поняла,» учтиво проговорила Алиса, «если б я могла это записать. А так мне трудно в этом разобраться.»

«Это всё чепуха по сравнению с тем, что я могла бы сказать, если бы захотела,» ответила польщённая Герцогиня.

«Прошу вас, не утруждайте себя ещё более длинными фразами,»[71] сказала Алиса.

«Ну что ты, разве это беспокойство,» возразила Герцогиня. «Дарю тебе всё, что успела сказать.»

«Пустяковый подарок!» подумала про себя Алиса. «Хорошо, что на дни рождения таких не дарят!» Однако вслух она этого сказать не рискнула.

«Опять о чём-то думаешь?» спросила Герцогиня и снова вонзила свой подбородок в Алисино плечо.

«А почему бы мне и не думать?» отвечала решительно Алиса, которой было как-то не но себе.

«А почему бы свинье не летать?» сказала Герцогиня. «А мораль…»

Тут, к великому удивлению Алисы, Герцогиня умолкла прямо на середине своего любимого слова «мораль», и рука её, сплетённая с рукою Алисы, задрожала.[72] Алиса подняла глаза и увидала, что перед ними, скрестив на груди руки и грозно нахмурившись, стоит Королева.

«Прекрасная погода, Ваше Величество,» слабо прошептала Герцогиня.

«Я тебя честно предупреждаю,» закричала Королева и топнула ногой. «Либо мы лишимся твоего общества, либо ты лишишься головы. Решай сейчас же—нет, в два раза быстрее!»

Герцогиня решила и тотчас исчезла.

«Вернёмся к нашей игре,» сказала Алисе Королева. Алиса так была напугана, что, не говоря ни слова, побрела за ней следом к площадке.

Гости между тем воспользовались отсутствием Королевы и отдыхали в тени; однако, увидев, что Королева возвращается, они поспешили к своим местам. А Королева, подойдя, просто объявила, что минута промедления будет стоить им всем жизни.

Пока шла игра, Королева беспрестанно ссорилась с игроками и кричала: «Отрубить ему голову! Голову ей с плеч!» Солдаты вставали с земли и брали несчастных под стражу, в результате чего воротцев становилось всё меньше и меньше, и не прошло и получаса, как их и вовсе не осталось, а все игроки, за исключением Короля, Королевы и Алисы, с трепетом ждали казни.

Наконец Королева бросила игру и, переводя дыхание, спросила Алису: «А видела ты Черепаху Квази?»

«Нет,» сказала Алиса. «Я даже не знаю, кто это такой.»

«Как же,» сказала Королева. «Это то, из чего делают *квазичерепаховый суп*.»

«Никогда не видала и даже не слыхала о нём,» сказала Алиса.

«Тогда пошли,» распорядилась Королева. «Он сам тебе всё расскажет.»

И они пошли. Уходя, Алиса услышала, как Король тихо сказал, обращаясь к гостям: «Мы всех вас прощаем.»

«Вот хорошо!» обрадовалась Алиса. (Она очень горевала, думая о назначенных казнях.)

Вскоре они увидели Грифона, крепко спящего на солнцепёке. (Если вы не знаете, как выглядит Грифон, посмотрите на картинку.) «Вставай, бездельник,» сказала Королева, «и отведи эту барышню к Черепахе Квази. Пусть расскажет ей свою историю. А мне надо возвращаться, я там приказала кое-кого казнить, надо присмотреть, чтобы всё было как следует.» И она ушла, оставив Алису с Грифоном. Алисе он не внушил особого доверия, но, подумав, что с ним, верно, всё же спокойнее, чем с кровожадной Королевой, она осталась.

Грифон сел и протёр глаза, потом проводил Королеву взглядом, потом усмехнулся. «Смех—да и только!» пробормотал он не то про себя, не то обращаясь к Алисе.

«*Смех?*» переспросила Алиса растерянно.

«Ну да,» ответил Грифон. «Выдумает тоже! Казнить! У них такого отродясь не было. Пошли!»[73]

«Все здесь только и говорят, что „пошли!"» подумала Алиса, неторопливо шагая за Грифоном. «Никогда в жизни мною так не помыкали!»

Пройдя совсем немного, они увидели вдалеке Черепаху Квази; он лежал на скалистом уступе и вздыхал с такой тоской, словно сердце у него разрывалось. Алиса от души его пожалела. «Почему он так грустит?» спросила она Грифона. И он ответил ей почти теми же словами: «Грустит! Выдумает тоже! Не о чем ему грустить. Пошли!»[74]

И они подошли к Черепахе Квази, который взглянул на них большими, полными слёз глазами, но ничего не сказал.

«Эта барышня,» начал Грифон, «хочет послушать твою историю. Вынь да положь ей эту историю! Вот оно что!»

«Что ж, я расскажу,» проговорил Квази глухим голосом. «Садитесь и не открывайте рта, пока я не кончу.»

Грифон и Алиса уселись. Наступило молчание. «Не знаю, как это он собирается кончить, если никак не может начать,» подумала про себя Алиса. Но делать было нечего—она терпеливо ждала.

«Однажды,» произнёс наконец Черепаха Квази с глубоким вздохом, «я был настоящей Черепахой.»

И снова воцарилось молчание. Только Грифон изредка откашливался, да Квази без конца вздыхал. Алиса совсем уже собралась подняться и сказать: «Благодарю вас, сэр, за увлекательный рассказ,» но потом решила подождать: *должен* же он что-то ещё рассказать.

Наконец, Черепаха Квази немного успокоился и, всхлипывая, заговорил. «Когда мы были маленькие, мы ходили в морскую школу. Учителем у нас был старик Черепаха. Мы звали его Спрутиком.»

«Зачем же вы звали его Спрутиком,» спросила Алиса, «если на самом деле он был Черепахой?»

«Мы его звали Спрутиком, потому что он всегда ходил *с прутиком,*» ответил сердито Черепаха Квази. «Ты не очень-то догадлива!»

«Стыдилась бы о таких простых вещах спрашивать,» подхватил Грифон. Оба замолчали и уставились на бедную Алису, которая готова была провалиться сквозь землю. Наконец Грифон повернулся к Черепахе Квази и сказал: «Давай, старина, поторапливайся! Нельзя же весь день здесь сидеть…»

И Квази заговорил: «Да, мы ходили в школу, а школа наша была на дне морском, хоть ты, может, этому и не поверишь…»

«Почему же?» возразила Алиса. «Я ни слова не сказала.»

«Нет, сказала,» настаивал Квази.

«Не возражай!» прикрикнул Грифон. Но Алиса и не думала возражать.

«Образование мы получили самое хорошее,» продолжал Черепаха Квази. «И немудрено—ведь мы ходили в школу каждый день…»

«Я тоже ходила в школу каждый день,» сказала Алиса. «Ничего особенного в этом нет.»

«А дополнительно тебя чему-нибудь учили?» не без тревоги поинтересовался Квази.

«Да,» ответила Алиса. «Музыке и французскому.»

«А стирке?» поспешно спросил Квази.

«Нет, конечно!» с негодованием отвечала Алиса.

«Ну, значит, школа у тебя была неважная,» произнёс с облегчением Квази. «А у *нас* в школе к счёту всегда приписывали: „Плата за французский, музыку и *стирку* дополнительно“.»

«Зачем вам стирка?» удивилась Алиса. «Ведь вы жили на дне морском.»

«Всё равно я не мог заниматься стиркой,» вздохнул Черепаха Квази. «Мне она была не по карману. Я изучал только обязательные предметы.»

«Какие же?» спросила Алиса.

«Сначала мы, как полагается, Чихали и Пищали,» отвечал Черепаха Квази. «А потом принялись за четыре действия Арифметики: Скольжение, Причитание, Умиление и Изнеможение.»

«Я о „Причитании“ никогда не слыхала,» рискнула заметить Алиса.

«Никогда не слыхала о „причитании“!» воскликнул Грифон, воздевая лапы к небу. «Что такое „читать“, надеюсь, ты знаешь?»

«Да,» отвечала Алиса неуверенно, «смотреть, что написано в книжке и... читать.»

«Ну да,» сказал Грифон, «и если ты при этом не знаешь, что такое „причитать“, значит, ты совсем дурочка.»

У Алисы пропала всякая охота выяснять про другие предметы, она повернулась к Черепахе Квази и спросила: «А что ещё вы учили?»

«Были у нас ещё Рифы—Древней Греции и Древнего Рима, Грязнописание и Мать-и-мачеха. И ещё Мимические опыты; мимиком у нас был старый угорь, он приходил раз в неделю. Он же учил нас Триконаметрии, Физиономии...»

«Физиономии?» переспросила Алиса.

«Я тебе этого показать не смогу,» отвечал Черепаха Квази. «Стар я уже для этого. А Грифон ею не занимался.»

«Времени у меня для неё не было,» подтвердил Грифон. «Зато я получил классическое образование.»

«Как это?» спросила Алиса.

«А вот как,» отвечал Грифон. «Мы с моим учителем, стареньким крабом, уходили на улицу и целый день играли в классики. Какой был *учитель!*»

«Настоящий классик!» со вздохом сказал Квази. «Но я к нему не попал… Говорят, он ещё учил Латуни, Драматике и Мексике…»[75]

«Это уж точно,» согласился Грифон. И оба закрыли лица лапами.

«А долго у вас шли занятия?» спросила Алиса, торопясь перевести разговор.

«Это зависело от нас,» отвечал Черепаха Квази. «Как всё *займём,* так и кончим.»

«*Займёте?*» удивилась Алиса.

«Занятия почему так называются?» пояснил Грифон. «Потому что на *занятиях* мы у нашего учителя ум *занимаем…* А как всё *займём* и ничего ему не оставим, тут же и кончим. В таких случаях говорят: „Ему ума не *занимать“.* Поняла?»

Это было настолько ново для Алисы, что она невольно задумалась.

«А что же тогда с учителем происходит?» спросила она немного спустя.

«Может, хватит про уроки,» вмешался Грифон решительно. «Расскажи-ка ей про наши игры…»

Глава X

Морская Кадриль

Черепаха Квази глубоко вздохнул и вытер глаза. Он взглянул на Алису—видно, хотел что-то сказать, но его душили рыдания. «Ну, прямо словно кость у него в горле застряла,» сказал Грифон, подождав немного. И принялся трясти Квази и бить его по спине. Наконец Черепаха Квази обрёл голос и, обливаясь слезами, заговорил:

«Ты, верно, не живала подолгу на дне морском...» («Не живала,» согласилась Алиса.) «...и, должно быть, никогда не видала живого омара...» («Зато я его пробова...» возразила было Алиса, но спохватилась и покачала головой: «Нет, не видала.») «...значит, ты не имеешь понятия, как приятно танцевать морскую кадриль с омарами.»

«Нет, не имею,» вздохнула Алиса. «А что это за танец?»

«Прежде всего,» начал Грифон, «все выстраиваются в ряд на морском берегу...»

«В два ряда!» закричал Черепаха Квази. «Тюлени, лососи, морские черепахи и все остальные. И как только очистишь берег от медуз...»

«А *это* не так-то просто,» вставил Грифон.

«…делаешь сначала два прохода вперёд…» продолжал Черепаха Квази.

«Взяв за ручку омара!» воскликнул Грифон.

«Конечно,» подтвердил Черепаха Квази. «Делаешь два прохода вперёд, поворачиваешься к партнёру лицом…»[76]

«… меняешь омаров—и возвращаешься назад тем же порядком,» закончил Грифон.

«А потом,» продолжал Черепаха Квази, «швыряешь…»

«Омаров!» крикнул Грифон, подпрыгивая в воздух.

«…подальше в море…»

«Плывёшь за ними!» ликовал Грифон.

«Кувыркаешься разок в море!» воскликнул Черепаха Квази и прошёлся колесом по песку.

«Снова меняешь омаров!» вопил во весь голос Грифон.

«И возвращаешься на берег! Вот и вся первая фигура,» сказал Квази внезапно упавшим голосом. И два друга, только что прыгавшие, как безумные, по песку, загрустили, тихо сели и с тоской взглянули на Алису.

«Это, должно быть, очень красивый танец,» робко заметила Алиса.

«Хочешь посмотреть?» спросил Черепаха Квази.

«Очень,» сказала Алиса.

«Вставай,» приказал Грифону Квази. «Покажем ей первую фигуру. Ничего, что тут нет омаров… Мы и без них обойдёмся. Кто будет петь?»

«Пой *ты*,» сказал Грифон. «Я не помню слов.»

И они важно заплясали вокруг Алисы, размахивая в такт передними лапами[77] и не замечая, что то и дело наступают ей на ноги. Черепаха Квази затянул грустную песню:—

«Говорит треска улитке: „Побыстрей, дружок, иди!
Мне на хвост дельфин наступит—он плетётся позади.
Видишь, крабы, черепахи мчатся к морю мимо нас.
Нынче бал у нас на взморье, ты пойдёшь ли с нами в
    пляс?

    Хочешь, можешь, можешь, хочешь ты пуститься с
    нами в пляс?

Ты не знаешь, как приятно, как занятно быть треской.
Если нас забросят в море и умчит нас вал морской!“
„Ох!“, улитка пропищала. „Далеко забросят нас!
    Не хочу я, не могу я, не хочу я с вами в пляс.
    Не могу я, не хочу я, не могу пуститься в пляс!“

„Ах, что такое далеко?“ ответила треска.

„Где далеко от Англии, там Франция близка.

За много миль от береговъ есть берега опятъ.

Не робей, моя улитка, и пойдём со мной плясать.

> *Хочешь, можешь, можешь, хочешь ты со мной пойти плясать?*

> *Можешь, хочешь, хочешь, можешь ты пойти со мной плясать?“»*

«Большое спасибо,» сказала Алиса, радуясь, что танец наконец подошёл к концу. «Очень интересно было посмотреть. А песня про треску мне очень понравилась! Такая забавная…»

«Кстати, о треске,» начал Черепаха Квази. «Ты, конечно, её видала?»

«Да,» сказала Алиса. «Она иногда бывала у нас на обе…» Она спохватилась и испуганно замолчала.

«Не знаю, где это *на обе*,» заметил Черепаха Квази, «но раз вы так часто встречались, ты, конечно, знаешь, как она выглядит…»

«Да, кажется, знаю,» отвечала Алиса. «Хвост во рту, и вся в сухарях.»

«Насчет сухарей ты ошибаешься,» возразил Черепаха Квази, «сухари всё равно смылись бы в море… Ну а хвост у неё правда во рту. Дело в том, что…» Тут Черепаха Квази широко зевнул и закрыл глаза. «Объясни ей про хвост,» велел он Грифону.

«Дело в том,» сказал Грифон, «что она *очень* любит танцевать с омарами. Вот её и швыряют в море. Вот она и летит далеко-далеко. Вот хвост у неё и застревает во рту— да так крепко, что не вытащишь. Всё.»

«Спасибо,» сказала Алиса. «Это очень интересно. Я ничего этого о треске не знала.»

«Если хочешь,» сказал Грифон, «я тебе много чего ещё могу про треску рассказать! Знаешь, почему её называют *треской*?»

«Я никогда об этом не думала,» ответила Алиса. «Почему?»

«*Треску много*,» произнёс значительно Грифон.

Алиса растерялась. «Много *треску*?» переспросила она с недоумением.

«Ну да,» подтвердил Грифон. «Рыба она так себе, толку от неё мало, а *треску* много.»

Алиса молчала и только смотрела на Грифона широко раскрытыми глазами.

«Очень любит поговорить,» продолжал Грифон. «Как начнет *трещать*, хоть вон беги! И друзей себе таких же подобрала. Ходит к ней один старичок *Судачок*. С утра до ночи *судачит*! А ещё *Щука* забегает—так она всех щучит. Бывает и *Сом*—этот во всём *сомневается*… А как соберутся все вместе, такой подымут шум, что голова кругом идёт… Белугу знаешь?» Алиса кивнула. «Так это они её довели. Никак, бедная, прийти в себя не может. Всё ревёт и ревёт…»

«Поэтому и говорят: „*Ревёт, как белуга*“?» робко спросила Алиса.

«Ну да,» подтвердил Грифон. «Поэтому.»

Тут Черепаха Квази открыл глаза. «Ну, хватит об этом,» проговорил он. «Расскажи теперь ты про свои приключения.»

«Я с удовольствием расскажу всё, что случилось со мной сегодня с утра,» неуверенно сказала Алиса. «А про вчера я рассказывать не буду, потому что тогда я была совсем другая.»

«Объясни, что ты хочешь этим сказать,» попросил Черепаха Квази.

«Нет, сначала приключения!» нетерпеливо перебил его Грифон. «Объяснять очень долго.»

И Алиса начала рассказывать всё, что с нею случилось с той минуты, как она увидела Белого Кролика. Сначала ей было немножко не по себе: Грифон и Черепаха Квази придвинулись к ней так близко и так широко раскрыли глаза и рты, —но потом она осмелела. Грифон и Черепаха Квази молчали, пока она не дошла до встречи с Гусеницей и попытки прочитать ей *Папу Вильяма*. Тут Черепаха Квази глубоко вздохнул и сказал: «Очень странно!»

«Страннее некуда!» подхватил Грифон.

«Все слова не те,» задумчиво произнёс Черепаха Квази. «Хорошо бы она нам что-нибудь прочитала. Вели ей начать.» И он посмотрел на Грифона, словно тот имел над Алисой власть.

«Встань и читай „*Это голос лентяя*“,» приказал Алисе Грифон.

«Как все здесь любят распоряжаться,» подумала Алиса. «Только и делают, что заставляют читать. Можно подумать, что я в школе.» Всё же она послушно встала и начала читать. Но мысли её были так заняты омарами и морскою кадрилью, что она и сама не знала, что говорит. Слова получились действительно очень странные:—

«Это голос Омара. Вы слышите крик?
„Вы меня разварили! Ах, где мой парик?“
И поправивши носом жилетку и бант.
Он идёт на носочках, как лондонский франт.

Если отмель пустынна и тихо кругом,
Он кричит, что акулы ему нипочём,
Но лишь только вдали заприметит акул,
Он забьётся в песок и кричит караул!»

«Совсем непохоже на то, что читал я ребёнком в школе,» заметил Грифон.

«Я никогда этих стихов не слышал,» сказал Квази. «Но, по правде говоря, это ужасный вздор!»

Алиса ничего не сказала; она села на песок и закрыла лицо руками; ей уж и не верилось, что жизнь ещё может снова пойти по-прежнему.

«Мне бы хотелось, чтобы ты эти стихи объяснила,» заявил Квази.

«Она ничего объяснить не может,» торопливо сказал Грифон. И, повернувшись к Алисе, прибавил: «Читай дальше.»

«А почему он идёт на носочках?» упорствовал Квази. «Объясни мне хоть это.»

«Это такая позиция в танцах,» сказала Алиса. Но она и сама ничего не понимала; ей не хотелось больше об этом говорить.[78]

«Читай же дальше,» торопил её Грифон. «„*Шёл я садом однажды…*“»

Алиса не посмела ослушаться, хотя и была уверена, что всё опять получится не так, и дрожащим голосом продолжала:—

> *«Шёл я садом однажды и вдруг увидал,*
> *Как делили коврижку Сова и Шакал.*
> *И коврижку Шакал проглотил целиком,*
> *А Сове только блюдечко дал с ободком.*
>
> *А потом предложил ей: „Закончим делёж—*
> *Ты возьми себе ложку, я—вилку и нож“.*
> *И, наевшись, улёгся Шакал на траву,*
> *Но сперва на десерт проглотил он……»*

«Зачем читать всю эту ерунду,» прервал её Квази, «если ты не можешь ничего объяснить? *Такой* тарабарщины я в жизни ещё не слыхал!»

«Да, пожалуй, хватит,» согласился Грифон, к великой радости Алисы.

«Хочешь, мы ещё станцуем?» продолжал Грифон. «Или пусть лучше Квази споёт тебе песню?»

«Ах, песню, пожалуйста, если можно,» отвечала Алиса отвечала Алиса с таким жаром, что Грифон только пожал плечами. «О вкусах не спорят,» заметил он обиженно. «Спой ей *„Еду вечернюю“*, старина.»

Черепаха Квази глубоко вздохнул и, всхлипывая, запел:—

«Еда вечерняя, любимый Суп морской!
Когда сияешь ты, зелёный и густой,—
Кто не вдохнёт, кто не поймёт тебя тогда,
Еда вечерняя, блаженная Еда!
Еда вечерняя, блаженная Еда!
*   Блаже—энная Е—эда—а!*
*   Блаже—энная Е—эда—а!*
Еда вече—э—эрняя,
*   Блаженная, блаженная Еда!*

«Еда вечерняя! Кто, сердцу вопреки,
Попросит сёмги и потребует трески?
Мы всё забудем для тебя, почти зада-
ром данная блаженная Еда!
Задаром данная блаженная Еда!
*   Блаже—энная Е—эда—а!*
*   Блаже—энная Е—эда—а!*
Еда вече—э—эрняя,
*   Блаженная, блажен—НАЯ ЕДА!»*

«Повтори припев!» сказал Грифон. Черепаха Квази открыл было рот, но в эту минуту вдалеке послышалось: «Суд идёт!»

«Пошли!» крикнул Грифон, схватив Алису за руку, и потащил за собой, так и не дослушав до конца.

«А кого судят?» спросила, задыхаясь на бегу, Алиса. Но Грифон только повторял: «Пошли!»[79] и прибавлял шагу. А ветерок с моря доносил грустный напев, который звучал всё тише и тише:—

«Еда́ вече—э—эрняя,
    Блаженная, блаженная Еда!»[80]

Г Л А В А   XI

Кто Украл Крендели?

Червонные Король и Королева сидели на троне, а вокруг толпились остальные карты и множество всяких птиц и зверюшек; перед троном стоял между двумя солдатами Валет в цепях, а возле Короля вертелся Белый Кролик—в одной руке он держал трубу, а в другой—длинный пергаментный свиток. Посередине стоял стол, а на столе—большое блюдо с кренделями, такими аппетитными, что у Алисы прямо слюнки потекли. «Скорее бы кончили судить,» подумала она, «и подали угощение.» Особых надежд на это, однако, не было, и она начала смотреть по сторонам, чтобы как-то скоротать время.

Раньше Алиса никогда не бывала в суде, хотя и читала о нём в книжках; ей было очень приятно, что почти всё здесь ей известно. «Вон судья,» сказала она про себя. «Раз в парике, значит судья.»

Судьёй, кстати, был сам Король, а так как корону ему пришлось надеть на парик (посмотрите на фронтиспис, если хотите узнать, как он это сделал),[81] он чувствовал себя не слишком уверенно. К тому же это было не очень красиво.

«Это места для присяжных,» размышляла Алиса. «А эти двенадцать *существ*,» (ей пришлось употребить это слово, потому что там были и зверюшки, и птицы), «видно, и есть присяжные.» Последнее слово она повторила про себя раза два или три—она очень гордилась тем, что знает такое трудное слово; немного найдётся девочек её возраста, думала Алиса (и в этом она была права), понимающих, что оно значит. Впрочем, назвать их «присяжными заседателями» также было бы верно.

Присяжные меж тем что-то быстро строчили на грифельных досках. «Что это они пишут?» шёпотом спросила Алиса у Грифона. «Ведь суд ещё не начался…»

«Они записывают свои имена,» прошептал Грифон в ответ. «Боятся, как бы их не забыть до конца суда.»

«Вот глупые!» с негодованием воскликнула Алиса, но в ту же минуту смолкла, ибо Белый Кролик закричал: «Не шуметь в зале суда!» А Король надел очки и с тревогой посмотрел в зал—видно, хотел узнать, кто шумит. Алиса замолчала.

Со своего места она видела—так ясно, словно стояла у них за плечами,—что присяжные тут же стали писать: «Вот глупые!»—и даже заметила, что кто-то из них не знал, как пишется «глупые», и вынужден был справиться у соседа. «Воображаю, что они там понапишут до конца суда!» подумала Алиса.

У одного из присяжных грифель всё время скрипел. Этого, конечно, Алиса не могла вынести: она подошла и стала у него за спиной; улучив удобный момент, она ловко выхватила грифель. Всё это она проделала до того быстро, что бедный присяжный (это был крошка Билль) так и не понял, что произошло; поискав грифель, он решил писать пальцем; толку от этого было мало, так как палец не оставлял никакого следа на грифельной доске.

«Глашатай, читай обвинение!» велел Король.

Белый Кролик трижды протрубил в трубу, развернул пергаментный свиток и прочитал:—

«Дама Червей напекла кренделей
    В летний погожий денёк.
Валет Червей был всех умней
    И семь кренделей уволок.»

«Обдумайте своё решение!» сказал Король присяжным.

«Нет, нет,» торопливо прервал его Кролик. «Ещё рано. Надо, чтобы всё было как положено.»

«Вызвать первого свидетеля,» приказал Король. Белый Кролик трижды протрубил в трубу и закричал: «Первый свидетель!»

Первым свидетелем оказался Болванщик. Он подошёл к трону, держа в одной руке чашку с чаем, а в другой— бутерброд. «Прошу прощения, Ваше Величество,» начал он, «что я сюда явился с чашкой. Но я как раз чай пил, когда за мной пришли. Не успел кончить…»

«Мог бы и успеть,» заметил Король. «Ты когда начал?»

Болванщик взглянул на Мартовского Зайца, который вошёл следом за ним в зал рука об руку с Соней, и сказал: «Четырнадцатого марта, *кажись*.»

«Пятнадцатого,» бросил Мартовский Заяц.

«Шестнадцатого,» пробормотала Соня.

«Запишите,» приказал Король присяжным, и они торопливо записали все три даты на грифельных досках, а потом сложили их и перевели в шиллинги и пенсы.

«Сними свою шляпу,» велел Король Болванщику.

«Она не моя,» ответил Болванщик.

«*Украдена*!» закричал Король и оборотился к присяжным, которые немедленно записали этот факт.[82]

«Я их держу для продажи,» объяснил Болванщик. «У меня своих нет, ведь я Шляпных Дел Мастер.»

Тут Королева надела очки и в упор посмотрела на Болванщика—тот побледнел и переступил с ноги на ногу.

«Давай показания» сказал Король, «и не нервничай, а не то я велю тебя тут же казнить.»

Это не очень-то подбодрило Болванщика: он затоптался на месте, нервно поглядывая на Королеву, и в смятении откусил вместо бутерброда кусок чашки.

В этот миг Алиса почувствовала себя как-то странно. Она никак не могла понять, что с ней происходит, но наконец её осенило: она опять росла! Сначала она хотела встать и уйти из зала суда, но, поразмыслив, решила остаться и сидеть до тех пор, пока для неё хватит места.

«А ты могла бы не так напирать?» спросила сидевшая рядом с ней Соня. «Я едва дышу.»

«Ничего не могу поделать,» виновато произнесла Алиса. «Я расту.»

«Не имеешь права *здесь* расти,» объявила Соня.

«Ерунда,» отвечала, осмелев, Алиса. «Вы же прекрасно знаете, что и сами растёте.»

«Да, но я расту с разумной скоростью,» возразила Соня, «не то что некоторые… Это же просто смешно, так расти!» Она надулась и, поднявшись с места, перешла на другую сторону зала.

А Королева меж тем всё смотрела в упор на Болванщика, и не успела Соня усесться, как Королева нахмурилась и распорядилась: «Подать сюда список тех, кто пел на последнем концерте!» Тут бедный Болванщик так задрожал, что с обеих ног у него слетели башмаки.

«Давай свои показания,» повторил Король гневно, «а не то я велю тебя казнить. Мне всё равно, нервничаешь ты или нет!»

«Я человек маленький,» произнёс Болванщик дрожащим голосом, «и не успел я напиться чаю… прошла всего неделя, как я начал… хлеба с маслом у меня уже почти не осталось… а я всё думал про филина над нами, он как поднос над небесами…»

«Про *что?*» спросил Король.

«*Поднос… над небесами…*»

«Ну конечно,» сказал Король строго, «*под нос*—это одно, а *над* небесами—совсем другое! Ты что, за идиота меня принимаешь? Продолжай!»

«Я человек маленький,» продолжал Болванщик, «тут у меня перед глазами замигало… только вдруг Мартовский Заяц и говорит…»

«Ничего я не говорил,» торопливо прервал его Мартовский Заяц.

«Нет, говорил,» возразил Болванщик.

«Я всё отрицаю!» заявил Мартовский Заяц.[83]

«Он всё отрицает,» объявил Король. «Не вносите в протокол!»

«Ну тогда, значит, Соня и говорит…» продолжал Болванщик, с тревогой взглянув на Соню. Но Соня ничего не отрицала—она крепко спала.

«Тогда я отрезал себе ещё хлеба,» продолжал Болванщик, «и намазал его маслом…»

«Но что же сказала Соня?» спросил кто-то из присяжных.

«Не помню,» ответил Болванщик.

«Постарайся *вспомнить*,» заметил Король, «а не то я велю тебя казнить.»

Несчастный Болванщик выронил из рук чашку и бутерброд и опустился на одно колено. «Я человек маленький,» повторил он. «Я всё думал о филине…»

«Сам ты филин,» сказал Король.

Тут одна из морских свинок громко зааплодировала и была *подавлена*. (Так как это слово нелёгкое, я объясню тебе, что оно значит. Служители взяли большой мешок, сунули туда свинку вниз головой, завязали мешок и сели на него.)

«Я очень рада, что увидела, как это делается,» подумала Алиса. «А то я так часто читала в газетах: „Попытки к сопротивлению были подавлены…“ Теперь-то я знаю, что это значит!»

«Ну, хватит,» сказал Король Болванщику. «Закругляйся!»

«А я и так весь круглый,» радостно возразил Болванщик. «Шляпы у меня круглые, болванки тоже…»

«Круглый ты болван, вот ты кто!» воскликнул Король.

Тут другая свинка зааплодировала и была подавлена.[84]

«Ну вот, со свинками покончено,» подумала Алиса. «Теперь дело пойдёт веселее.»

«Я, пожалуй, пойду допью чай,» сказал Болванщик, с тревогой взглянув на Королеву, которая читала список певцов.[85]

«Ты свободен,» сказал Король Болванщику. И Болванщик выбежал из зала суда, даже не позаботившись надеть башмаки.

«…и отрубите ему там на улице голову,» прибавила Королева, повернувшись к одному из служителей.

Но Болванщик был уже далеко.

«Вызвать свидетельницу,» распорядился Король.

Свидетельницей оказалась кухарка Герцогини.[86] В руках она держала перечницу—она ещё не вошла в зал суда, а те, кто сидел возле двери, все как один расчихались, и Алиса тотчас догадалась, кто сейчас войдёт.

«Давай сюда свои показания,» сказал Король.

«И не подумаю,» отвечала кухарка.

Король озадаченно взглянул на Белого Кролика. «Придётся Вашему Величеству подвергнуть её перекрёстному допросу,» прошептал Кролик.

«Что ж, перекрёстному, так перекрёстному,» вздохнул Король, скрестил на груди руки и, грозно нахмурив брови, так скосил глаза, что Алиса испугалась. Наконец Король глухо спросил: «Крендели из чего делают?»

«Из перца в основном,» отвечала кухарка.

«Из киселя,» проговорил у неё за спиной сонный голос.

«Хватайте эту Соню!» завопила Королева. «Рубите ей голову! Гоните её в шею! Подавите её! Ущипните её! Отрежьте ей усы!»

Все кинулись ловить Соню. Поднялся переполох, а, когда наконец все снова уселись на свои места, кухарка исчезла.

«Вот и хорошо!» сказал Король с облегчением. «Вызвать следующую свидетельницу!» И, повернувшись к Королеве, он вполголоса произнёс: «Теперь, душечка, ты *сама* подвергай её перекрёстному допросу. А то у меня голова разболелась.»

Белый Кролик зашуршал списком. «Интересно, кого они сейчас вызовут,» подумала Алиса. «Пока что улик у них нет никаких...» Представьте себе её удивление, когда Белый Кролик пронзительно крикнул своим тоненьким голоском: «Алиса!»

Глава XII

Алиса Даёт Показания

«Здесь!» крикнула Алиса, в волнении забыв, как она выросла за последние несколько минут, и так быстро вскочила со своего места, что задела краем юбки скамью, на которой сидели присяжные,—скамья опрокинулась и все присяжные посыпались вниз, на головы сидящей публики. Там они и лежали, напоминая Алисе о рыбках, оказавшихся на полу с неделю назад, когда она случайно опрокинула аквариум.

«*Простите*, пожалуйста!» огорчённо вскричала Алиса и принялась торопливо подбирать присяжных; случай с аквариумом не шёл у неё из головы, и ей почему-то казалось, что, если не подобрать присяжных как можно скорее и не посадить их обратно на скамью, они непременно погибнут.

«Суд продолжит работу только после того, как все присяжные вернутся на места,» сказал Король строго. «Я повторяю: все! *Все до единого!*» произнёс он с расстановкой, не сводя глаз с Алисы.

Алиса взглянула на присяжных и обнаружила, что второпях она посадила Ящерку Билля на скамью вверх ногами; бедняга грустно махал хвостом, но перевернуться никак не мог. Она быстро взяла его и посадила, как следует. Про себя же она подумала: «Конечно, это совсем неважно. Что вверх головой, что вниз, пользы от него на суде *никакой*.»

Как только присяжные немного пришли в себя и получили обратно потерянные при падении грифели и доски, они принялись усердно писать историю этого происшествия. Один только Билль сидел неподвижно, широко открыв рот и уставившись в небо: видно, никак не мог опомниться.

«Что ты знаешь об этом деле?» спросил Алису Король.

«Ничего,» ответила Алиса.

«*Совсем* ничего?» допытывался Король.

«Совсем ничего,» повторила Алиса.

«Это очень важно,» объявил Король, поворачиваясь к присяжным. Они кинулись писать, но тут вмешался Белый Кролик. «Ваше Величество хочет, конечно, сказать: *не*важно,» произнёс он почтительно. Однако при этом он хмурился и делал Королю гримасы.[87]

«Ну да,» заспешил Король. «Я именно это и хотел сказать. *Не*важно! Конечно, неважно!» И забормотал вполголоса, словно пробуя, что лучше звучит: «Важно… неважно… неважно… важно…»

Некоторые присяжные записали: «важно», а другие— «неважно». Алиса стояла так близко, что ей всё было отлично видно. «Это не имеет никакого значения,» подумала она.

В эту минуту Король, который что-то быстро писал у себя в записной книжке, крикнул: «Тихо!» Посмотрел в книжку и прочитал: «„Правило Сорок Второе.[88] *Всем, в ком больше мили росту, следует немедленно покинуть зал*“.»

И все уставились на Алису.

«Во мне *нет* мили,» возмутилась она.

«Нет, есть,» возразил Король.

«В тебе мили две, не меньше,» прибавила Королева.

«Никуда я не уйду, » сказала Алиса. «И вообще, это не настоящее правило. Вы его только что выдумали.»

«Это самое старое правило в книжке!» вскричал Король.

«В таком случае оно должно быть Первым,» сказала Алиса.[89]

Король побледнел и торопливо закрыл книжку. «Обдумайте своё решение,» сказал он присяжным тихим, дрожащим голосом.

Белый Кролик поспешно вскочил со своего места. «С позволения Вашего Величества,» заявил он, «тут есть ещё улики. Только что был найден один документ.»

«А что в нём?» спросила Королева.

«Я его ещё не читал,» ответил Белый Кролик, «но, кажется, это письмо от обвиняемого… кому-то…»

«Конечно, кому-то,» сказал Король. «Вряд ли он писал письмо никому. Такое обычно не делается.»

«Кому оно адресовано?» спросил кто-то из присяжных.

«Никому,» ответил Белый Кролик. «Во всяком случае, на обороте ничего не написано.» С этими словами он развернул письмо и прибавил: «Это даже и не письмо, а стихи.»

«Почерк обвиняемого?» спросил другой присяжный.

«Нет,» отвечал Белый Кролик. «И это всего подозрительнее.» (Присяжные растерялись.)

«Значит, подделал почерк,» заметил Король. (Присяжные просветлели.)

«С позволения Вашего Величества,» сказал Валет, «я этого письма не писал, и они этого не докажут. Там нет подписи.»

«Тем хуже,» возразил Король. «Значит, ты что-то дурное *задумал*, а не то подписался бы, как все честные люди.»

Все зааплодировали: впервые за весь день Король сказал что-то действительно умное.

«Вина *доказана*,» произнесла Королева. «Рубите ему…»[90]

«Ничего подобного!» возмутилась Алиса. «Вы даже не знаете, о чём эти стихи.»

«Читай их!» сказал Король Кролику.

Кролик надел очки. «С чего начинать, Ваше Величество?» спросил он.

«Начни с начала,» важно ответил Король, «и продолжай, пока не дойдёшь до конца. Как дойдёшь—кончай!»

Воцарилось мёртвое молчание. Вот что прочитал Белый Кролик.

«Я знаю, с ней ты говорил
      И с ним, конечно, тоже.
Она сказала: „Очень мил,
      Но плавать он не может“.

Там побывали та и тот
      (Что знают все на свете),
Но, если б делу дали ход.
      Вы были бы в ответе.

Я дал им три, они нам—пять,
      Вы шесть им посулили.
Но все вернулись к вам опять,
      Хотя моими были.

Ты с нею не был вовлечён
      В такое злое дело,
Хотя сказал однажды он,
      Что всё им надоело.

Она, конечно, горяча,
      Не спорь со мной напрасно.
Да, видишь ли, рубить сплеча
      Не так уж безопасно.

Но он не должен знать о том
      (Не выболтай случайно).
Все остальные ни при чём,
      И это наша тайна.»

«Это очень важная улика,» проговорил Король, потирая руки. «Всё, что мы сегодня слышали, бледнеет по сравнению с ней. А теперь пусть присяжные обдумают своё...»

Но Алиса не дала ему кончить. «Если кто-нибудь из них сумеет объяснить мне эти стихи,» сказала Алиса, «я дам ему шесть пенсов.» (За последние несколько минут она ещё выросла, и теперь ей никто уже не был страшен.) «Я уверена, там нет никакого смысла!»

Присяжные записали: «*Она* уверена, что там нет никакого смысла,»—но ни один из них не сделал попытки объяснить стихи.

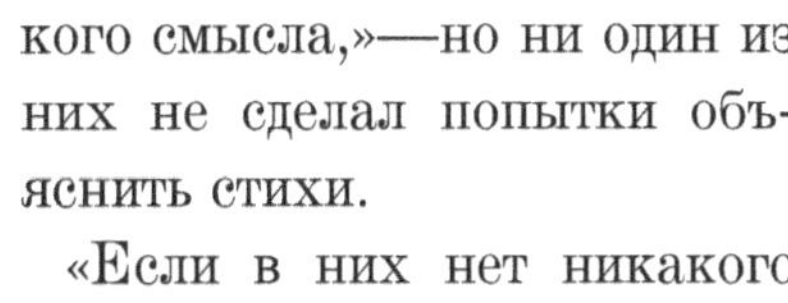

«Если в них нет никакого смысла,» заявил Король, «тем лучше: значит, можно и не пытаться их объяснить. Впрочем...» Тут он положил стихи себе на колени, глянул на них вполглаза и произнёс: «Впрочем, какой-то смысл в них, кажется, всё же есть. *„Но плавать он не может...“*» И, повернувшись к Валету, Король спросил: «Ты ведь не можешь плавать?»

Валет грустно покачал головой. «Куда мне!» сказал он. (Это было верно—ведь он был из картона.)

«Так,» сказал Король и снова склонился над стихами. «*„Знают все на свете“*... это он, конечно, о присяжных. *„Но, если б делу дали ход“*... это, должно быть, о Королеве... *„Вы были бы в ответе“*... Да уж несомненно, был бы!...[91] *„Я дал им три, они нам—пять“*... так вот что он сделал с кренделями!»

«Но там сказано: *„Все вернулись к вам опять“*,» заметила Алиса.

«Конечно, вернулись,» закричал Король, с торжеством указывая на блюдо с кренделями, стоящее на столе. «Это очевидно! *„Она, конечно, горяча“*»... пробормотал он и взглянул на Королеву. «Ты разве горяча, душечка?»

«Ну что ты, я необычайно сдержанна!» ответила Королева и швырнула чернильницу в Крошку Билля. (Бедняга было бросил писать по доске пальцем, обнаружив, что не оставляет на ней никакого следа, однако теперь поспешно начал писать снова, макая палец в чернила, стекавшие у него с лица.)

«*„Рубить сплеча...“*» прочитал Король и снова взглянул на Королеву. «Разве ты когда-нибудь рубишь сплеча, душечка?»

«Никогда,» сказала Королева. И, отвернувшись, закричала, указывая пальцем на бедного Билля: «Рубите ему голову! Голову с плеч!»

«А-а, понимаю,» произнёс Король. «Ты у нас рубишь *с плеч*, а не *сплеча*!» И он с улыбкой огляделся. Все молчали.

«Это каламбур!» сердито закричал Король. И все засмеялись. «Пусть присяжные решают, виновен он или нет,» объявил Король в двадцатый раз за этот день.

«Нет!» сказала Королева. «Пусть выносят приговор! А виновен он или нет—потом разберёмся!»

«Чепуха!» громко возразила Алиса. «Как только такое в голову может прийти!»[92]

«Молчать!» крикнула Королева, багровея.

«И не подумаю!» отвечала Алиса.

«Рубите ей голову!» завопила во весь голос Королева. Никто не двинулся с места.

«Кому вы страшны?» сказала Алиса. (Она уже выросла до своего обычного роста.) «Вы ведь всего-навсего колода карт!»

Тут все карты поднялись в воздух и полетели Алисе в лицо. Она вскрикнула—то ли испуганно, то ли гневно,—принялась от них отбиваться… и обнаружила, что лежит на берегу, голова её покоится у сестры на коленях, а та тихо смахивает у неё с лица сухие листья, упавшие с дерева.

«Алиса, милая, проснись!» сказала сестра. «Как долго ты спала!»

«Какой мне странный сон приснился!» сказала Алиса и рассказала сестре всё, что запомнила о своих удивительных приключениях, про которые вы только что читали. А когда она кончила, сестра поцеловала её и сказала: «Правда, сон был очень странный! А теперь беги домой, не то опоздаешь к чаю, милая.» Алиса вскочила на ноги и побежала домой, размышляя, как нетрудно понять, о том, что за чудесный сон ей приснился.

Сестра же осталась сидеть на берегу. Подпёршись рукой, смотрела она на заходящее солнце и думала о маленькой Алисе и её чудесных Приключениях, пока не погрузилась в полудрёму. И вот что ей привиделось.

Сначала она увидела Алису—снова маленькие руки обвились вокруг её колен, снова на неё снизу вверх смотрели большие блестящие глаза; она слышала её голос и видела, как Алиса встряхивает головой, чтобы откинуть со лба волосы, которые вечно лезут ей в глаза. Она прислушалась: всё вокруг ожило, и странные существа, которые снились Алисе, казалось, окружили её.

Высокая трава у её ног зашуршала—это пробежал мимо Белый Кролик; в пруду неподалёку с плеском проплыла испуганная Мышь; чашки брякнули о блюдца—это Мартовский Заяц поил своих друзей бесконечным чаем; пронзительно кричала Королева, отправляя своих несчастных гостей на казнь; снова на коленях у

Герцогини расчихался младенец-поросёнок,[93] а вокруг так и свистели тарелки и блюдца; снова в воздухе послышались крик Грифона, скрип грифеля по доске, визг *подавленной* свинки и далёкое рыданье несчастного Квази.

Так она и сидела, закрыв глаза, воображая, что и она попала в Страну Чудес, хотя знала, что стоит ей открыть их, как всё вокруг снова станет привычным и обыденным; это только ветер шуршит травой, гонит по пруду рябь и шатает камыши; звон посуды превратится в треньканье колокольчика на шее у овец, пронзительный вопль Королевы—в окрик пастуха, плач младенца и хрип Грифона—в шум скотного двора, а стенанья Черепахи Квази (она это знала) сольются с отдалённым мычанием коров.

И наконец, она представила себе, как её маленькая сестрёнка вырастет и, сохранив в свои зрелые годы простое и любящее детское сердце, станет собирать вокруг себя других детишек,—и как их глаза заблестят от дивных сказок. Быть может, она поведает им и свой давний сон о Стране Чудес[94] и, разделив с ними их нехитрые горести и нехитрые радости, вспомнит своё детство и счастливые летние дни.

Notes

This Commentary mainly addresses the changes we introduced to the ND text (Carroll 2016c). We provide the original English text, the ND text, the suggested change, and (if needed) its back-translation into English. In many cases, the suggested Russian text is an exact translation, mainly when the ND text has abbreviated long sentences. In some cases, we relied on a recent translation by Yury Nesterenko (Carroll 2018b), which was published by Evertype, and tends to be much more literal than most other published Russian translations of *AAIW*. Some sentences in ND (2016c) were unnecessarily removed or abbreviated, and we restored Demurova's text from the original 'Academic' 1978 version.

ABBREVIATIONS

AAIW   *Alice's Adventures in Wonderland*
LC   Lewis Carroll
ND   Nina Demurova
YuN   Yuri Nesterenko

---

1   p. 12: LC: *a small passage, not much larger than a rat-hole: she knelt down and looked along the passage into the loveliest garden.* ND: *нору, совсем узкую, не шире крысиной, встала на*

колени и заглянула в неё—нора вела в сад ('a burrow, very narrow, not much wider than a rat's one; she knelt down and looked inside—the burrow led into a garden'). We suggest: *маленький проход, не более крысиной норы; она встала на колени и заглянула туда—проход вёл в сад.* This passage (*проход*) is not really a rodent hole or burrow (*нора*); compare to the important [*кроличья*] *нора* 'rabbit-hole' (p. 8), so the word *нора* cannot be used for the garden passage. On p. 17, we replaced *пройти в нору* by *попасть внутрь* (following YuN).

2   p. 13: LC: *It was all very well to say "Drink me".* ND: *Это, конечно, было очень мило* ('It was very nice'). The important repetition of the original "Drink me" is omitted here; we follow YuN: *Это, конечно, легко было сказать «Выпей меня»* ('It was easy to say "Drink me"').

3   p. 13: LC: *this bottle was not marked "poison".* ND: *на этом пузырьке никаких пометок не было* ('this bottle was not marked'). We suggest a more precise: *на этом пузырьке не было пометки «яд»* ('this bottle was *not* marked "poison"').

4   p. 14: LC: *This curious child was very fond of—.* ND: *Эта глупышка* ('this silly child') *очень любила—.* We suggest: *Этому странному ребёнку* ('this strange child') *очень нравилось—.* Compare to: *Этому удивительному ребёнку* ('this remarkable child') *очень нравилось—* (YuN). In fact, *глупышка* is later used in ND to translate the Hatter's word "stupid" (p. 74).

5   p. 16: LC (Chapter II title): *The Pool of Tears.* ND: *Море Слёз* ('The Sea of Tears'). We suggest *Озеро Слёз* 'The Lake of Tears' (as does YuN), which indicates a body of water the size of which is somewhat closer to that given in the text. Indeed Alice *thinks* at first that she fell into the sea, but then realizes her error.

6   p. 17: LC: *Alice's Right Foot, Esq.* Alice's name is omitted in ND: *Госпоже Правой Ноге* ('Mrs Right Foot'). We suggest: *Госпоже Алисиной Правой Ноге* ('Mrs Alice's Right Foot').

In LC, the Right Foot is a gentleman ('Esq.') but in Russian the gender of *нога* is inevitably feminine.

ND has the lines of the address following the order used by the Soviet mail (the name at the end): *Каминный Коврик, / (что возле Каминной Решётки) / Госпоже Правой Ноге).* We reversed the lines of the address to the original English order (the name at the beginning), which is the international standard, now also accepted in Russia.

7   p. 19: LC: *I almost think I can remember feeling a little different. But if I'm not the same, the next question is 'Who in the world am I?' Ah,* that's *the great puzzle!* This important text is significantly abbreviated in ND: *Кажется, уже не совсем я! Вот загадка!* We suggest: *Кажется, уже не совсем я! Но если я—это не я, то кто же я такая в таком случае? Вот уж загадка так загадка!* Compare to: *Но если я—это не я, то возникает следующий вопрос: кем же я в таком случае стала? Вот уж загадка из загадок!* (YuN).

8   p. 19: LC: *thinking over all the children she knew.* ND: *перебирать в уме подружек.* 'The children she knew' is not exactly the same as *подружки* 'girl friends'. We suggest: *перебирать в уме всех знакомых девочек* ('all the girls she knew').

9   p. 19: LC: *her voice sounded hoarse and strange, and the words did not come the same as they used to do.* In ND, this sentence is changed considerably: *голос её зазвучал как-то странно, будто кто-то другой хрипло произносил за неё совсем другие слова* ('her voice sounded strange, as if someone else instead of her hoarsely uttered very different words'). We follow YuN: *голос её звучал как-то хрипло и странно, и слова выходили совсем необычные.*

10   p. 22: LC: *Perhaps it doesn't understand English.* ND: *Может, она по-английски не понимает?* (a literal translation; same in YuN). We suggest: *Может, она меня не понимает?* ('Perhaps it doesn't understand me?'). Since Alice in ND speaks Russian, a reference to English here, in our opinion,

is confusing. Evertype editorial style suggests that translators either omit it, describe it as "me" or "my language", or change to the language of the translation if a stronger domestication approach is preferred.

11   p. 31: LC: *Why, she'll eat a little bird as soon as look at it!* ND: *Раз—и проглотила, даже косточек не оставила!* ('She'll swallow it whole, and will leave no bones!'), a strong folksy expression. We follow a more literal translation by YuN: *Как только увидит птичку—так тут же её и съест!*

12   p. 32: LC: *the best cat in the world!* ND: *лучше кошки не сыщешь!* ('there is no better cat!'). We follow a more literal translation by YuN: *самая лучшая кошка в мире!*

13   p. 33: LC: *Oh my fur and whiskers!* In ND, *fur* is missing: *Бедные мои усики!* ('Oh my poor whiskers!'). We suggest: *Бедные мои шёрстка и усики!* ('Oh my poor fur and whiskers!').

14   p. 33: LC: *everything seemed to have changed since her swim in the pool.* Abbreviated in ND: *всё вокруг изменилось* ('everything seemed to have changed'). We suggest: *всё вокруг изменилось с тех пор, как она плавала в озере слёз.*

15   p. 36: LC: *little pattering of footsteps.* ND: *шаги* ('footsteps'). We restored the 1978 version, which follows LC exactly: *топот маленьких ног.* This sound heralds the entrance of the White Rabbit in the book (Goodacre, 2015, pp. 49, 57; see our pp. 17, 32).

16   p. 36: LC: *fallen into a cucumber-frame, or something of the sort.* Abbreviated in ND: *свалился в теплицы, в которых выращивали огурцы* ('fallen into a cucumber-frame'). We suggest: *упал на теплицу, где выращивали огурцы, или на что-то подобное.*

17   p. 38: LC: *she spread out her hand again, and made another snatch in the air.* ND: *снова щёлкнула пальцами в воздухе, словно пытаясь кого-то схватить* ('snapped her fingers in the air again as if trying to grab someone'). Alice's movement

is misinterpreted here, she does not snap her fingers; we suggest: *снова высунула руку в окно и опять попыталась кого-нибудь схватить.*

18 p. 38: LC: *drew her foot as far down the chimney as she could.* ND: *просунула ногу подальше в камин* ('drew her foot as far into the chimney as she could'). A complex Alice's movement is misinterpreted here: her foot is already in the chimney, she is moving it *down* to be able to kick back at incoming Bill. We suggest: *отодвинула ногу вниз по каминной трубе, насколько было возможно.*

19 p. 40: LC: *it's sure to make some change in my size!* ND: *со мной обязательно что-нибудь случится* ('surely something will happen to me'). We suggest: *я наверняка стану либо больше, либо меньше!* ('it's sure to make me larger or smaller!').

20 p. 40: LC: *grow to my right size again.* ND: *принять прежний вид* ('get to my previous shape'). We suggest: *снова вырасти до моего правильного размера.*

21 p. 42: LC: *could not see anything that looked like the right thing to eat or drink under the circumstances.* Abbreviated in ND: *не увидела ничего подходящего* ('could not see anything suitable'). We suggest: *но не увидела ничего, что можно было бы съесть или выпить.*

22 p. 42: LC: *quietly smoking a long hookah.* ND: *томно курила кальян* ('languidly smoking a hookah'). We suggest: *спокойно курила длинный кальян.*

23 p. 43 (Chapter V title): LC: *Advice from the Caterpillar*; ND: *Синяя Гусеница даёт совет* ('The Blue Caterpillar Gives Advice'). LC did not specify the colour of the Caterpillar except in one sentence in the end of Chapter IV (p. 42: *огромной синей гусеницей* 'a giant blue caterpillar'). Since 'Blue' is not a part of this character's name, we suggest using just *Гусеница* 'The Caterpillar', as ND does further throughout this chapter.

24   p. 43: LC: *What do you mean by that?* ND: *Что это ты выдумываешъ?* ('What are you making up?'). We suggest: *Что ты имеешъ в виду?*

25   p. 43: LC: *being so many different sizes in a day.* ND: *Столько превращений в один денъ* ("So many transformations in a day'). We suggest: *Вырастатъ и уменъшаться столько раз за один денъ* ('getting larger or smaller so many times in a day').

26   p. 44: LC: *"You!" said the Caterpillar contemptuously.* The last word is missing in ND: *«Тебе!» повторила Гусеница* ('"You!" said the Caterpillar again'). We suggest: *«Тебе!» с презрением повторила Гусеница.*

27   p. 45: LC: *said, very gravely.* ND: *произнесла* ('said'). We restored the text from 1978 version: *произнесла, стараясъ, чтобы голос её звучал повнушителънее* ('said, trying to sound impressively').

28   p. 45: LC: *Here was another puzzling question; and, as Alice could not think of any good reason, and the Caterpillar...* Abbreviated in ND: *Вопрос поставил Алису в тупик, а Гусеница...* ('Here was another puzzling question; and the Caterpillar...'). We suggest: *Вопрос поставил Алису в тупик, и, поскольку она не могла придуматъ никакой убедителъной причины, а Гусеница...*

29   p. 45: LC: *but at last it unfolded its arms, took the hookah out of its mouth again.* Abbreviated in ND: *потом наконец вынула его изо рта* ('but at last it took the hookah out of its mouth'). We suggest: *потом наконец расплела руки, снова вынула кальян изо рта.*

30   p. 45: *I ca'n't remember things as I used—and I don't keep the same size for ten minutes together!* Abbreviated in ND: *Всё время меняюсъ и ничего не помню* ("I am changing all the time and I do not remember anything'). We suggest: *Я не могу ничего вспомнитъ так, как помнила ранъше—и не проходит и десяти минут, чтобы я не изменилась в размерах!*

31   p. 45: LC: *"Ca'n't remember what things?" asked the Caterpillar.* Abbreviated in ND: «Чего не помнишь?» We restored the 1978 version: «Чего *же ты* не помнишь?» *спросила Гусеница.*

32   p. 51: LC: *like a stalk.* ND: *словно огромный шест* ('like a giant pole'). We suggest: *словно стебель.*

33   p. 54: LC: *began nibbling at the right-hand bit again.* Abbreviated in ND: *принялась за гриб.* We suggest: *принялась откусывать от правого кусочка гриба.*

To avoid mixing them up, Alice is still holding in her two hands the two pieces of the magic mushroom that she broke off (p. 51): a right-hand bit for getting smaller and a left-hand bit for getting bigger. These pieces are later mentioned in Chapter VI (p. 66; 'left-hand bit of mushroom'). By this time Alice must have placed them in her two pockets, left and right; these pockets are clearly seen on her apron in most of Tenniel's pictures (supervised by LC). One of Alice's pockets should still hold the thimble (see p. 28), and, although Alice gave away the comfits which were in one of her pockets, the other, possibly, may contain the empty comfit box (Goodacre, 2015: 43, footnote 173). At the end of Chapter VII, Alice produces for the last time a bit of the mushroom for getting smaller from her pocket (p. 76); this should have been the right-hand bit in her right pocket. Goodacre (2015: 111, footnote 416) comments that "one assumes that she has actually kept two pieces—one from each side of the mushroom". Alice's subsequent size changes do not involve mushrooms, however.

We find it curious to note that Dodo's thimble question "What else have you got in your pocket?" is very like the crucial riddle Bilbo Baggins asks of Gollum in *The Hobbit*. Tolkien (2012) is known to have enjoyed Carroll—he wrote out *"The Walrus and the Carpenter"* a number of times in Tengwar—and no one seems to have remarked on this similarity between the texts—coincidence or not.

34   p. 57: LC: *"It's really dreadful," she muttered to herself, "the*

way all the creatures argue". ND: «*Как они любят спорить, эти зверюшки!» подумала она.* ("How they like to argue, these little animals!", she thought'). We suggest: «*Как они ужасно любят спорить, все эти существа!» пробормотала она про себя.*

35   p. 58: LC: *The only two creatures in the kitchen, that did* not *sneeze, were the cook, and a large cat.* ND: *Только кухарка не чихала, да ещё—огромный кот* ('Only the cook did not sneeze, and a large cat). We suggest: Не *чихали в кухне только двое: кухарка, да ещё—огромный кот.*

36   p. 58–59: LC: *she was not quite sure whether it was good manners for her to speak first.* ND: *Она знала, что ей не следует заговаривать первой* ('She knew she should not speak first'). We suggest: *Она не была уверена, вежливо ли будет с её стороны заговорить первой.*

37   p. 59: LC: *"Pig!"* ¶ *She said the last word…* LC has just one word, while ND has: «*Ах ты, поросёнок!»* ¶ *Последние слова она произнесла…* ("Oh you, pig!" ¶ *She said the last words…*). We suggest: «*Поросёнок!»* ¶ *Последнее слово она произнесла…*

38   p. 60: LC: *Wow! wow! wow!* ND: *Гав! Гав! Гав!* ('Gav! Gav! Gav!'). This rendering of baby's howling is clearly an error. In Russian, *гав* only signifies the bark of a dog. This appears to be a translator's confusion based on *bow wow*, a standard English onomatopoeic form for a dog's bark. The spelling used by LC is unclear but it was clearly intended to designate a baby's howling (as in modern *waa* or *waah*). We suggest: *Уа! Уа! Уа!* ('Ua! Ua! Ua!'), which is a standard Russian spelling for a baby's cry.

39   p. 61: LC: *frying-pan.* ND *кастрюлю* ('pot, boiling pan'). We suggest a more precise *сковородку* ('frying-pan'), clearly a much better object for throwing.

40   p. 61: LC: *The poor little thing was snorting like a steam-engine when she caught it, and kept doubling itself up and straightening itself out again, so that altogether, for the first*

minute or two, it was as much as she could do to hold it. In ND, this important sentence is highly abbreviated: *Бедняжка пыхтел, словно паровоз, и весь изгибался, так что Алиса чуть не выронила его из рук* ('The poor little thing was snorting like a steam-engine, and kept bending itself so that Alice almost dropped it'). We suggest: *Бедняжка пыхтел, словно паровоз, когда Алиса его поймала, и при этом всё время сгибался пополам и снова распрямлялся, так что в первую пару минут Алиса едва смогла его удержать.*

41 p. 61: LC: *grunted in reply.* ND: *тихонько хрюкнул в знак согласия* ('quietly grunted in agreement'). We suggest: *младенец хрюкнул в ответ.*

42 p. 62: LC: *felt quite relieved to see it trot away quietly into the wood.* ND: *очень обрадовалась, увидев, как весело он затрусил прочь* ('was very glad to see it trot away happily). We suggest a more precise: *с облегчением увидела, как он спокойно затрусил прочь.*

43 p. 62: LC: *it ought to be treated with respect.* ND: *с ним шутки плохи* ('one should be careful with it'; literally: 'one should not jest with it'). We suggest: *к нему надо относиться с уважением.*

44 p. 65: LC: *Alice answered very quietly, just as if the Cat had come back in a natural way.* ND: *отвечала Алиса, и глазом не моргнув* ('Alice answered without blinking an eye'). We suggest: *ответила Алиса спокойно, как будто Кот вернулся естественным способом.*

45 p. 65: LC: *perhaps, as this is May, it wo'n't be raving mad— at least not so mad as it was in March.* Abbreviated in ND: *К тому же сейчас май—возможно, он уже немножко пришёл в себя.* ('Besides, as this is May, it probably is already more normal'). We suggest: *возможно, он уже не настолько безумен, как в марте.*

46 p. 66: LC: *she did not like to go nearer till she had nibbled some more of the left-hand bit of mushroom.* ND: *решила сначала съесть немного гриба, который она держала в левой руке*

('decided first to eat some more of the bit of mushroom she held in her left hand'). However, Alice did not really hold this piece of mushroom in her left hand but produced it from her left pocket; see the commentary to p. 54 in note 33 above. We follow the translation by YuN: *предпочла не подходить ближе, пока не съела достаточно от левого куска гриба.*

47   p. 67: LC: *Dormouse.* ND: *Мышь-Соня / Mysh'-Sonia.* In the 2016 text (p. 87) this invented name is not hyphenated, which appears to be a typing error since it is hyphenated in the endnotes (p. 548) and has been hyphenated in all of Demurova's other versions. The word *соня / sonia* 'dormouse' exists in Russian but is not widely known. Demurova attempted to make the name more understandable; however, zoologically, dormice (Gliridae) are not closely related to mice (Muridae). Many translators have domesticated this rodent, unknown to their target readers, replacing it by a sleepy animal such as a much larger marmot (Sciuridae: *Marmota*). The combination *Мышь-Соня* appears in ND only once, when the character is formally introduced, but the simple *Соня* is used throughout the rest of the ND text. This character is male in LC but female in ND, due to the feminine gender of the Russian noun.

48   p. 67: LC: *Alice looked all round the table, but there was nothing on it but tea.* LC refers only to liquid refreshment, but we know there were other items on the table (bread, butter) (Goodacre, 2015, p. 99, footnote 354). ND: *Алиса посмотрела на стол, но не увидела ни бутылки, ни стаканов.* ('Alice looked at the table, but did not see any bottle or [wine] glasses'). We suggest: *Алиса посмотрела на стол, но он был накрыт только к чаю* ('Alice looked all round the table, but there was only a tea service.')

49   p. 69: LC: *Two days wrong!* ND: *Отстают на два дня* ('Two days late!') but LC is more vague with his Time: the March Hare's watch could be either *slow* or *fast* by two days. We suggest: *Ошибаются на два дня!*

50   p. 70: LC: *Alice sighed wearily*. Abbreviated in ND: *Алиса вздохнула* ('Alice sighed'). We suggest: *Алиса устало вздохнула*.

51   p. 72: LC: *twinkle* is repeated four times. ND: *мигаешь* is repeated three times; we inserted one more repetition.

52   p. 72: LC: *But what happens when you come to the beginning again?* ND: *А когда доходите до конца, тогда что?* ('But what happens when you come to the end?'). We suggest a more precise: *А когда вы снова доходите до начала, тогда что?*

53   p. 73: LC: *"Yes, please do!" pleaded Alice. ¶ "And be quick about it," added the Hatter, "or you'll be asleep again before it's done."* ND: *«Да, пожалуйста, расскажите,» подхватила Алиса. ¶ «И поторапливайся,» прибавил Болванщик. «А то опять заснёшь!»* In ND (2016, p. 92), these two sentences are conflated into one: *«Да, пожалуйста,» прибавил Болванщик. «А то опять заснёшь!»* ('"Yes, please do!" added the Hatter, "or you'll be asleep again before it's done."'). This is an obvious editing error; we reconstructed the text from the 1978 version.

54   p. 74: ND: *«Потому что они были кисельные барышни».* This is an introduced Russian pun exchange, which replaces the LC line *"Of course they were," said the Dormouse: "well in."* We added "replied the Dormouse": *«Потому что они были кисельные барышни,» ответила Соня.*

55   p. 75: LC: *muchness—you know you say things are 'much of a muchness'—did you ever see such a thing as a drawing of a muchness?* ND: *«…множество… Ты когда-нибудь видела, как рисуют множество?» ¶ «Множество чего?» спросила Алиса. ¶ «Ничего,» отвечала Соня. «Просто множество!»*

    This famous passage, enhanced in the ND translation, is so engrained in Russian Carrolliana that most readers would not know that LC originally used here an expression *much of a muchness*, a colloquial British phrase first attested in 1728 (OED) meaning that two or more things are very much alike, or have the same value (Gardner, 2015: 93). It is neither a synonym of 'multitude' nor has any mathematical meaning. In Russian, however, *множество mnozhestvo* has two different meanings (both meanings are abstract, and both are hard to draw): 'a multitude' ('a lot of'); and a mathematical 'set' (as in set theory). Since Carroll was a mathematician, generations of Russian readers have assumed it was his clever pun. We are sure he would have appreciated it if it were possible in English!

56   p. 76: LC: *she got up in great disgust, and walked off.* ND: *она молча встала и пошла прочь* ('she got up without saying anything, and walked off'). We suggest: *она встала в чрезвычайном неудовольствии и пошла прочь.*

57   p. 79: LC: *whether she ought not to lie down on her face like the three gardeners.* ND: *может, и ей надо пасть ниц при виде столь блистательного шествия?* ('whether she ought not to lie down on her face in front of such an illustrious procession?'). We suggest a more precise: *может, и ей надо пасть ниц, как трём садовникам?*

58   **p. 80:** LC: *whether they were gardeners, or soldiers, or courtiers, or three of her own children.* Abbreviated in ND: *садовники это, придворные, или собственные её дети* ('whether they were gardeners, or courtiers, or her own children'). We suggest: *садовники это, солдаты, придворные или трое из её собственных детей.*

59   p. 80: LC: *The King laid his hand upon her arm.* ND: *Король положил ей руку на плечо* ('The King laid his hand upon her shoulder'). These are different gestures; we suggest a more precise: *Король дотронулся до её руки* ('The King touched her arm'). In Russian translations, there is often a confusion between 'hand' and 'arm' (the full limb) as both are called *рука* in Russian; 'forearm' is *предплечье* (almost never used), and 'upper arm' is *плечо* (usually meaning 'shoulder'). Here, Carroll would seem to be describing hand-to-forearm or hand-to-upper-arm touch.

60 p. 81: LC: *"You sha'n't be beheaded!" said Alice … The three soldiers wandered about for a minute or two, looking for them, and then quietly marched off after the others.* The ND translation is abbreviated and deviates considerably from LC: *«Не бойтесь,» сказала Алиса. «Я вас в обиду не дам.» … Солдаты походили вокруг, поискали и зашагали прочъ.* ('"Don't be afraid" said Alice. "I will protect you." … The soldiers wandered about looking for them, and then marched off.'). We suggest: *«Вас не казнят!» сказала Алиса … Трое солдат минуту-другую походили вокруг в поисках садовников, а затем спокойно зашагали вслед за всеми остальными.*

61 p. 81: LC: *Come on, then!* ND: *Пошли!* ('Come on!'). An important repetition in LC, see pp. 92, 93, 106. We suggest a precise: *Тогда пошли!*

62 p. 82: LC: *the soldiers had to double themselves up and stand on their hands and feet, to make the arches.* ND: *воротцами—солдаты, которые делали мостик* ('the soldiers made the arches by doing a [gymnastics] bridge'). We suggest: *воротцами—солдаты, которые сгибались пополам, вставали на руки и на ноги.*

63 p. 83: LC: *she noticed a curious appearance in the air.* ND: *у неё над головой появилось что-то непонятное* ('something curious appeared above her head'). We suggest: *в воздухе появилось что-то непонятное.*

64 p. 83: LC: *she made it out to be a grin.* ND: *сообразила, что в воздухе одиноко парит улыбка* ('she made it out to be a grin, lonely hovering in the air'). We suggest: *сообразила, что это была улыбка.*

65 p. 84: LC: *looking at the Cat's head with great curiosity.* ND: *с любопытством глядя на парящую в воздухе голову* ('looking with great curiosity at the Cat's head, which was hovering in the air'). We suggest: *с большим любопытством глядя на голову Кота.*

66 p. 85: LC: *The Queen had only one way of settling all difficulties, great or small.* ND: *У Королевы на всё был один ответ.*

('The Queen had only one answer to everything'). We suggest: *У Королевы был только один способ разрешения проблем, больших или маленьких.*

67 p. 85: LC: *So she went off in search of her hedgehog. ¶ The hedgehog was engaged in a fight with another hedgehog, which seemed to Alice an excellent opportunity for croqueting one of them with the other ...* Abbreviated and modified in ND: *И она побрела прочь, высматривая в рытвинах своего ежа. ¶ Алиса скоро его увидела—он дрался с другим ежом. Вот бы и ударить но ним ...* ('So she went off searching for her hedgehog in the furrows. Alice soon saw it—the hedgehog was engaged in a fight with another hedgehog. This was her chance to hit...'). We suggest: *И она побрела прочь в поисках своего ежа. ¶ Когда она его увидела, он дрался с другим ежом; казалось бы, это была прекрасная возможность ударить по ним ...*

68 p. 86: LC: *made the whole party look so grave and anxious.* ND: *повергли общество в уныние* ('made the whole party look so grave'). We suggest: *повергли общество в уныние и тревогу.*

69 p. 89: LC: *However, she did not like to be rude: so she bore it as well as she could.* ND: *Но делать было нечего—не могла же Алиса попросить Герцогиню отодвинуться!* ('There was nothing Alice could do—she could not ask the Duchess to move!'). We suggest: *Однако Алисе не хотелось быть невежливой, и она продолжала терпеть.*

70 p. 90: LC: *I'm doubtful about the temper of your flamingo.* ND: *я не совсем уверена в твоём фламинго* ('I'm doubtful about your flamingo.'). We suggest: *я не совсем уверена в доброте твоего фламинго* ('I'm doubtful about the kindness of your flamingo').

71 p. 91: LC: *don't trouble yourself to say it any longer than that.* Abbreviated in ND: *не утруждайте себя* ('don't trouble yourself'). We suggest: *не утруждайте себя ещё более длинными фразами.*

72 p. 91: LC: *Duchess's voice died away, even in the middle of her favourite word "moral", and the arm that was linked into hers began to tremble.* This complex sentence is strogly abbreviated in ND: *Герцогиня умолкла и задрожала* ('Duchess's voice died away, and she began to tremble'). We suggest: *Герцогиня умолкла прямо на середине своего любимого слова «мораль», и рука её, сплетённая с рукою Алисы, задрожала.*

73 p. 93: LC: *"Come on!"* ¶ *... as she went slowly after it.* An important repetition in LC, see pp. 81, 92, 106. ND: *«Ладно, пошли!»* ¶ *... покорно плетясь за Грифономъ* ('"Well, come on!" ¶ ... as she dragged her feet obediently after it.'). We suggest: *«Пошли!»* ¶ *... неторопливо шагая за Грифономъ.*

74 p. 93: LC: *he hasn't got no sorrow, you know. Come on!* ND: *не о чем ему грустить. Ладно, пошли!* ('he hasn't got no sorrow. Well, come on!'). An important repetition in LC, see pp. 81, 92, 106. We suggest: *Не о чем ему грустить. Пошли!*

75 p. 97: ND: *учил Драматике и Мексике* (puns on Grammar and Lexics). The important word *Латуни* (*Latuni*, a pun on "Latin") is missing in ND text. We restored the 1978 version: *учил Латуни, Драматике и Мексике.*

76 p. 99: LC: *You advance twice, set to partners...* The sentence is expanded in ND: *Делаешь два прохода вперёд, поворачиваешься к партнёру лицом, подпрыгиваешь на одной ноге, потом на другой...* ('You advance twice, set to partners, jump on one foot, then on another'). We suggest: *Делаешь два прохода вперёд, поворачиваешься к партнёру лицом...*

77 p. 99: LC: *waving their fore-paws to mark the time.* An obvious error in ND: *размахивая в такт головами* ('waving their heads to mark the time'). We suggest: *размахивая в такт передними лапами.*

78 p. 105: LC: *she was dreadfuly puzzled by the whole thing, and longed to change the subject.* Abbreviated in ND: *Но она и сама ничего не понимала.* We restored the 1978 version: *Но она и сама ничего не понимала; ей не хотелось больше об этом говорить.*

79 p. 106: LC: *"Come on!" cried the Gryphon… ¶ … but the Gryphon only answered "Come on!"* An important repetition in LC, see pp. 81, 92, 93. ND: *«Бежим!» крикнул Грифон … ¶ Но Грифон только повторял: «Бежим! Бежим!»* ("'Let's run!" cried the Gryphon … ¶ But the Gryphon only repeated "Let's run! Let's run!'"). We suggest: *«Пошли!» крикнул Грифон… ¶ Но Грифон только повторял: «Пошли!»*

80 p. 106: LC: Chapter X ends with the two last lines of the Mock Turtle's song. ND: The final sentence of the chapter is placed after these two lines. We moved it to follow Carroll and adjusted the text accordingly.

81 p. 108: LC: *look at the frontispiece if you want to see how he did it.* ND: this sentence is missing, although Tenniel's frontispiece was printed (2016, p. 30). We restore the text from the 1978 version: *посмотрите на фронтиспис, если хотите узнать, как он это сделал.*

82 p. 111: LC: *who instantly made a memorandum of the fact.* ND: *которые тут же взялись за грифели* ('who instantly picked up their pencils'). We suggest: *которые немедленно записали этот факт* ('who instantly wrote down this fact').

83 p. 113: LC: *"I deny it!" said the March Hare.* The text is enhanced in ND: *«И не думал,» вскричал Мартовский Заяц. «Я всё отрицаю!»* ("'I didn't even think of it!" cried the March Hare. 'I deny everything!'"). We suggest: *«Я всё отрицаю!» заявил Мартовский Заяц.*

84 p. 114: LC: *here the other guinea-pig cheered, and was suppressed.* This sentence is missing in ND (2016, p. 128). We restore the text from the 1978 version: *Тут другая свинка зааплодировала и была подавлена.*

85 p. 114: LC: *"I'd rather finish my tea," said the Hatter, with an anxious look at the Queen, who was reading the list of singers.* This important sentence is missing in ND (2016), as it was in the "Academic" version (1978, p. 91). We largely follow YuN: *«Я, пожалуй, пойду допью чай,» сказал Болванщик, с тревогой взглянув на Королеву, которая читала список певцов.*

86   p. 115: LC: *the Duchess's cook*. ND: *кухарка* ('the cook'). We correct to: *кухарка Герцогини.*

87   p. 118: LC: *making faces at him*. ND: *подавал Королю знаки* ('made signals to the King'). We suggest: *делал Королю гримасы.*

88   p. 118: LC: *Rule Forty-Two*. ND: *Правило 42* ('Rule 42'). We correct to: *Правило Сорок Второе* since the number is spelled out in LC.

89   p. 118: LC: *"Then it ought to be Number One", said Alice*. The text is enhanced in ND: *«Почему же оно тогда 42-е?» спросила Алиса. «Оно должно быть первымъ!»* ("Why then is it rule 42?» asked Alice. "It ought to be Number One!"). We suggest: *«В таком случае оно должно быть Первымъ,» сказала Алиса.*

90   p. 119: LC: *"This* proves *his guilt, of course", said the Queen, "so, off with—"*. The last fragment is missing in ND (2016, p. 133). We restore the text from the 1978 version: *«Вина* доказана,» *произнесла Королева. «Рубите ему…»*

91   p. 122: LC: 'If she should push the matter on'—*that must be the Queen*—'What would become of you?'—*What, indeed!*—' This important fragment is missing in ND.

       Our translation is inserted as follows: „…Но, если б делу дали ход…"—*это, должно быть, о Королеве.* „…Вы были бы в ответе…" *Да уж несоменно, был бы!*

       The ND translation, as well as all earlier Demurova's versions, was apparently made from an early *AAIW* edition, which did not contain this fragment that was added later by Carroll for the 1897 six-shilling edition. This omission, to our knowledge, exists in many *AAIW* translations.

92   p. 123: LC: *The idea of having the sentence first!* These words (as well as next two lines) are missing in ND (2016, p. 136). We restore the text from the 1978 version: *«Как только такое в голову может прийти!»* ('How can such thing come into one's head?'). This is not a close translation; compare to YuN: *Что за идея—выносить сначала приговор!* ('What

an idea, to pass judgement first!').

93   p. 125: LC: *the pig-baby was sneezing*. Abbreviated in ND: *расчихался младенец* ('the baby was sneezing'). We suggest: *расчихался младенец-поросёнок*.

94   p. 125: LC: *perhaps even with the dream of Wonderland of long ago*. ND: *Быть можетъ, она поведаетъ имъ и о далёкой Странѣ Чудесъ* ('perhaps she will tell them about the faraway Wonderland'). We suggest a more precise: *Быть можетъ, она поведаетъ имъ и свой давний сон о Странѣ Чудесъ*.

Bibliography

Carroll, Lewis.[1] 1967. *Алиса в Стране чудес. Сквозь зеркало и что там увидела Алиса*. Перевод и послесловие Н. М. Демуровой. Стихи в переводах С. Я. Маршака и Д. Г. Орловской. Художник П. Чуклев. София: Издательство литературы на иностранных языках, 228 с. (*Alisa v Strane chudes. Skvoz′ zerkalo i chto tam uvidela Alisa*. Perevod i posleslovie N. M. Demurovoi. Stikhi v perevodakh S. Ia. Marshaka i D. G. Orlovskoi. Khudozhnik P. Chuklev. Sofiia: Izdatelstvo literatury na inostrannykh iazykakh. 228. s. / *Alice's Adventures in Wonderland. Through the Looking-Glass and What Alice Found There*. Translation and afterword by N. M. Demurova. Poems translated by S. Ia. Marshak and D. G. Orlovskaia. Illustrations by P. Chuklev. Sofia: Izdatel′stvo literatury na inostrannykh iazykakh, 228 pp.).

——[1] 1978. *Приключения Алисы в Стране чудес. Сквозь зеркало и что там увидела Алиса, или Алиса в Зазеркалье*. Комментарии Мартина Гарднера. Перевод Н. М. Демуровой. Стихи в переводах С. Я. Маршака, Д. Г. Орловской и О.А. Седаковой. Художник Дж. Тенниел. Москва: Наука, 360 с. (*Prikliucheniia Alisy v Strane chudes. Skvoz′ zerkalo i chto tam uvidela Alisa, ili Alisa v Zazerkal′e*. Kommentarii Martina Gerdnera. Perevod N. M. Demurovoi. Stihi v perevodakh S. Ia. Marshaka, D. G. Orlovskoi i O. A. Sedakovoi. Khudozhnik Dzh. Tenniel. Moskva: Nauka. 360 s. / *Alice's Adventures in Wonderland. Through the Looking-Glass and What Alice Found There*. Commentary by Martin Gardner. Translation by N. M.

---

1 As Льюис Кэрролл (L′iuis Kẻrroll).

Demurova. Poems translated by S. Ia. Marshak, D. G. Orlovskaia and O. A. Sedakova. Illustrations by John Tenniel. Moscow: Nauka. 360 pp.).

—— 2013. *Соня въ царствѣ дива: Sonja in a Kingdom of Wonder. A facsimile of the first Russian translation of Alice's Adventures in Wonderland*. Illustrated by John Tenniel. Introduction by Nina Demurova. Cathair na Mart: Evertype. ISBN 978-1-78201-040-1.

——[1] 2016a. *Алисанын Кызыктар Ѳлкѳсүндѳгү укмуштуу окуялары (Alisanın Kızıktar Ölkosündogü ıkmuştuu okuyaları): Alice's Adventures in Wonderland in Kyrgyz*. With illustrations by John Tenniel. Translated by Aida Egemberdieva. Portlaoise: Evertype. ISBN 78-1-78201-176-7.

——[1] 2016b. *Кайкалдыҥ Јеринде Алисала болгон учуралдар (Kaykaldıñ Cerinde Alisala bolgon uçuraldar): Alice's Adventures in Wonderland in Altai*. With illustrations by John Tenniel. Translated by Küler Tepukov. Portlaoise: Evertype. ISBN 78-1-78201-177-4.

——[1] 2016c. *Приключения Алисы в Стране чудес*. Перевод Н. М. Демуровой. Стихи в переводах С. Я. Маршака, Д. Г. Орловской и О. А. Седаковой. Художник Дж. Тенниел. С. 33–139 в кн.: *Алиса в Стране чудес и в Зазеркалье. Пища для ума*. Москва: Издательство «Э», 608 с. (*Alice's Adventures in Wonderland*. Translation by N. M. Demurova. Poems translated by S. Ia. Marshak, D. G. Orlovskaia and O. A. Sedakova. Illustrations by John Tenniel. Pp. 33–139 in: *Alisa v Strane chudes i v Zazerkal'e. Pishcha dlia uma / Alice in Wonderland and Across the Looking-Glass. Food for Thought*. Moscow: Izdatel'stvo 'É', 608 pp.).

——[1] 2017a. *Алисаның қайгаллыг Черинде полган чоруқтары (Alisanıñ qayğallığ Çerinde polğan çoruqtarı): Alice's Adventures in Wonderland in Shor*. With illustrations by John Tenniel. Translated by Liubov′ Arbaçakova. Portlaoise: Evertype. ISBN 78-1-78201-189-7.

——[1] 2017b. *Алисаның Хайхастар Чирінзер чорыгы (Alïsanıñ Hayhastar Çïrinzer çorığı): Alice's Adventures in Wonderland in Khakas*. With illustrations by John Tenniel. Translated by Maria Çertykova. Portlaoise: Evertype. ISBN 78-1-78201-171-2.

——[1] 2017c. *Әлисәнең Сәйерстандагы мажаралары (Älisäneñ Säyerstandağı majaraları): Alice's Adventures in Wonderland in Bashkir*. With illustrations by John Tenniel. Translated by Güzäl Sitdykov. Portlaoise: Evertype. ISBN 78-1-78201-201-6.

—— 2017c. *Соня в царстве дива: The first Russian Translation of Alice's Adventures in Wonderland*. With illustrations by John Tenniel and Byron W. Sewell. Introduction and notes by Victor Fet. Portlaoise: Evertype. ISBN 978-1-78201-198-9.

——[1] 2018a. *Алисакӧд Шемӧсмуын лоӧмторъяс (Alisaköd Šemösmuyn loömtor″jas): Alice's Adventures in Wonderland in Komi-Zyrian*. With illustrations by John Tenniel. Translated by Evgenii Tsypanov (text) and Elena Eltsova (verse). Dundee: Evertype. ISBN 78-1-78201-207-8.

——[1] 2018b. *Приключения Алисы в Стране чудес*. Перевод Юрия Нестеренко. Художник Дж. Тенниел. (*Prikliucheniia Alisy v Strane chudes. / Alice's Adventures in Wonderland*. Translation by Yuri Nesterenko. Illustrations by John Tenniel). Dundee: Evertype. ISBN 78-1-78201-209-2.

——[2] 2018c. *Сыр Алиса Попэя кэ Чюдэнгири Пхув (Sir Alisa Popeja ke Čudengiri Phuv): Alice's Adventures in Wonderland in North Russian Romani*. With illustrations by John Tenniel. Translated by Viktor Shapoval. Dundee: Evertype. ISBN 78-1-78201-219-1.

——[1] 2019. *Алиса Къужур Дунияны Къыдырады (Alisa Qujur Duniyanı Qıdıradı): Alice's Adventures in Wonderland in Karachay-Balkar*. With illustrations by John Tenniel. Translated by Magomet Gekki. Dundee: Evertype. ISBN 78-1-78201-241-2.

——[3] 2020. *Алисэ Телъыджэщӏым зэрыщыӏар (Alisė Tel″ydzhėshchḥym zėryshyḥar): Alice's Adventures in Wonderland in Kabardian*. With illustrations by John Tenniel. Translated by Murat Temyr and Murat Brat. Dundee: Evertype. ISBN 78-1-78201-242-9.

Demurova, Nina M.[4] = Демурова, Н. М. 1970. Голос и скрипка (к переводу эксцентричных сказок Льюиса Кэрролла). С. 150–185. В кн.: *Мастерство перевода*. Москва: Советский писатель, 544 с. (Demurova, N. M. "Golos i skripka (k perevodu ėkstsentrichnykh skazok L′iuisa Kerrolla)" / "The voice and the violin" (on the translation of eccentric fairytales of Lewis Carroll)". Pp. 150–185 in: *Masterstvo perevoda / Mastery of Translation*. Moscow: Sovetskii pisatel′, 1970, 544 pp.).

——[4] 1978. "О переводе сказок Кэрролла" С. 315–336. В кн.: Кэрролл, Льюис. *Приключения Алисы в Стране чудес. Сквозь зеркало и что там увидела Алиса, или Алиса в Зазеркалье.*

2 As Льюисо Кэрролло (L′iuiso Kėrrollo).

3 As Кэрролл Льюисщ (Kėrroll L′iuisshch).

4 As Н. М. Демурова (N. M. Demurova).

Комментарии Мартина Гарднера. Перевод Н. М. Демуровой. Стихи в переводах С. Я. Маршака, Д. Г. Орловской и О.А. Седаковой. Художник Дж. Тенниел. Москва: Наука, 360 с. (Demurova, N.M. On the translation of fairytales of Lewis Carroll). Pp. 315–336 in: *Alisa v Strane chudes. Skvoz' zerkalo i chto tam uvidela Alisa, ili Alisa v Zazerkal'e* / Carroll, Lewis. *Alice's Adventures in Wonderland. Through the Looking-Glass, and What Alice Found There*. Commentary by Martin Gardner. Translation by N. M. Demurova. Poems translated by S. Ia. Marshak, D. G. Orlovskaia and O. A. Sedakova. Illustrations by John Tenniel. Moscow: Nauka, 360 pp.) (This article was reprinted numerous times, accompanying various editions of *Alice* translations).

—— 1995. "Alice speaks Russian: the Russian translations of *Alice's Adventures in Wonderland* and *Through the Looking-Glass*", in *Harvard Library Bulletin*, 1994–1995, 5(4): 11–29 (Aug. 1995).

Goodacre, Selwyn. 2015. Elucidating Alice: A Textual Commentary on Alice's Adventures in Wonderland. Portlaoise: Evertype. ISBN 978-1-78201-105-7.

Tolkien, J. R. R. "'The Walrus and the Carpenter': Excerpt", in *The Quenya Alphabet*. Edited by Arden R. Smith. (Parma Eldalamberon 20, pp. 27–38, 149–159.) Mountain View: [Elvish Linguistic Fellowship].

The Hunting of the Snark (Dh Hunting uv dh Snark),
The Hunting of the Snark printed in the Deseret Alphabet, 2016

(Thru dh Lüking-Glas and Hwut Alis Fawnd Dher),
Looking-Glass printed in the Deseret Alphabet, 2016

Alice's Adventures in Wonderland,
Alice printed in Dyslexic-Friendly fonts, 2015

Through the Looking-Glass and What Alice Found There,
Looking-Glass printed in Dyslexic-Friendly fonts, 2020

Alice printed in a font that simulates Dyslexia, 2015

(Ælısɛz Ædvéntʃuɹz ın Wʌnduɹlænd), *Alice* printed in the Ewellic Alphabet, 2013

'Ælɪsɪz Əd'ventʃəz ın 'Wʌndə‚lænd,
Alice printed in the International Phonetic Alphabet, 2014

Alis'z Advnĕrz in Wundland, *Alice* printed in the Ñspel orthography, 2015

Alice printed in the Nyctographic Square Alphabet, 2011

Alice's Adventures in Wonderland,
Alice printed in Pitman New Era Shorthand, forthcoming

Alice's Adventures in Wonderland, *Alice* printed in QR Codes, 2018

(Alɪs'əz ədventjuːrz ın Wʌndərlænd),
Alice printed in the Shaw Alphabet, 2013

ALISIZ ADVENCƷRZ IN WUNDRLAND,
Alice printed in the Unifon Alphabet, 2014

(Aliz kalandjai Csodaországban),
The Hungarian *Alice* printed in Old Hungarian script, tr. Anikó Szilágyi, 2016

Reflecting on Alice: A Textual Commentary
on *Through the Looking-Glass*, by Selwyn Goodacre, forthcoming

Elucidating Alice: A Textual Commentary on *Alice's Adventures in Wonderland*, by Selwyn Goodacre, 2015

Behind the Looking-Glass: Reflections on the Myth of Lewis Carroll, by Sherry L. Ackerman, 2012

Selections from the Lewis Carroll Collection of Victoria J. Sewell, compiled by Byron W. Sewell, 2014

SOCIAL COMMENTARY

Clara in Blunderland, by Caroline Lewis, 2010

Lost in Blunderland: The further adventures of Clara, by Caroline Lewis, 2010

John Bull's Adventures in the Fiscal Wonderland, by Charles Geake, 2010

The Westminster Alice, by H. H. Munro (Saki), 2017

Alice in Blunderland: An Iridescent Dream, by John Kendrick Bangs, 2010

SIMULATIONS

Davy and the Goblin, by Charles Edward Carryl, 2010

The Admiral's Caravan, by Charles Edward Carryl, 2010

Gladys in Grammarland, by Audrey Mayhew Allen, 2010

Alice's Adventures in Pictureland, by Florence Adèle Evans, 2011

Folly in Fairyland, by Carolyn Wells, 2016

Rollo in Emblemland, by J. K. Bangs & C. R. Macauley, 2010

Phyllis in Piskie-land, by J. Henry Harris, 2012

Alice in Beeland, by Lillian Elizabeth Roy, 2012

Eileen's Adventures in Wordland, by Zillah K. Macdonald, 2010

Alice and the Time Machine, by Victor Fet, 2016

Алиса и Машина Времени (Alisa i Mashina Vremeni), *Alice and the Time Machine* in Russian, tr. Victor Fet, 2016

A L S O   A V A I L A B L E   F R O M   **E V E R T Y P E**

S E W E L L I A N A

Sun-hee's Adventures Under the Land of Morning Calm,
by Victoria J. Sewell & Byron W. Sewell, 2016

선희의 조용한 아침의 나라 모험기 (Seonhuiui Joyonghan Achim-
ui Nala Moheomgi), *Sun-hee* in Korean, tr. Miyeong Kang, forthcoming

Alix's Adventures in Wonderland:
Lewis Carroll's Nightmare, by Byron W. Sewell, 2011

Áloþk's Adventures in Goatland, by Byron W. Sewell, 2011

Alice's Bad Hair Day in Wonderland, by Byron W. Sewell, 2012

The Carrollian Tales of Inspector Spectre, by Byron W. Sewell, 2011

The Annotated Alice in Nurseryland, by Byron W. Sewell, 2016

The Haunting of the Snarkasbord, by Alison Tannenbaum,
Byron W. Sewell, Charlie Lovett, & August A. Imholtz, Jr, 2012

Snarkmaster, by Byron W. Sewell, 2012

In the Boojum Forest, by Byron W. Sewell, 2014

Murder by Boojum, by Byron W. Sewell, 2014

Close Encounters of the Snarkian Kind, by Byron W. Sewell, 2016

T R A N S L A T I O N S

Кайкалдыҥ Јеринде Алисала болгон учуралдар (Kaykaldıñ Cerinde
Alisala bolgon uçuraldar), *Alice* in Altai, tr. Küler Tepukov, 2016

Alice's Adventures in An Appalachian Wonderland,
Alice in Appalachian English, tr. Byron & Victoria Sewell, 2012

Սնարքի Որսը (Snarki Orsě),
The Hunting of the Snark in Eastern Armenian,
tr. Alexander Kalantaryan & Artak Kalantaryan, forthcoming

Ալիս Հրաշալիքներու Աշխարհին Մէջ (Alis Hrashalik'neru Ashkharhin Mēch),
Alice in Western Armenian, tr. Yervant Gobelean, forthcoming

Patimatli ali Alice tu Vāsilia ti Ciudii,
Alice in Aromanian, tr. Mariana Bara, 2015

Әлисәнең Сәйерстандағы мажаралары (Älisäneň Säyerstandağı majaraları), *Alice* in Bashkir, tr. Güzäl Sitdykova, 2017

Алесіны прыгоды ў Цудазем'і (Alesiny pryhody u Tsudazem'i), *Alice* in Belarusian, tr. Max Ščur, 2016

На тым баку Люстра і што там напаткала Алесю (Na tym baku Liustra i shto tam napatkala Alesiu), *Looking-Glass* in Belarusian, tr. Max Ščur, 2016

Снаркаловы (Snarkalovy), *The Hunting of the Snark* in Belarusian, tr. Max Ščur, forthcoming

Troioù-kaer Alis e Vro ar Marzhoù, *Alice* in Breton, tr. Herve Kerrain, forthcoming

Crystal's Adventures in A Cockney Wonderland, *Alice* in Cockney Rhyming Slang, tr. Charlie Lovett, 2015

Aventurs Alys in Pow an Anethow, *Alice* in Cornish, tr. Nicholas Williams, 2015

Alice's Ventures in Wunderland, *Alice* in Cornu-English, tr. Alan M. Kent, 2015

Maries Hændelser i Vidunderlandet, *Alice* in Danish, tr. D.G., forthcoming

آلیس در سرزمین عجایب (Âlis dar Sarzamin-e Ajâyeb), *Alice* in Dari, tr. Rahman Arman, 2015

Äventyrä Alice i Underlandä, *Alice* in Elfdalian, tr. Inga-Britt Petersson, forthcoming

La Aventuroj de Alicio en Mirlando, *Alice* in Esperanto, tr. E. L. Kearney (1910), 2009

La Aventuroj de Alico en Mirlando, *Alice* in Esperanto, tr. Donald Broadribb, 2012

Trans la Spegulo kaj kion Alico trovis tie, *Looking-Glass* in Esperanto, tr. Donald Broadribb, 2012

Les Aventures d'Alice au pays des merveilles, *Alice* in French, tr. Henri Bué, 2015

Mbalango wa Alice eTikweni ra Swihlamariso,
Alice in Shangani, tr. Peniah Mabaso & Steyn Khesani Madlome, 2015

Ahlice's Aveenturs in Wunderlaant,
Alice in Border Scots, tr. Cameron Halfpenny, 2015

Alice's Mishanters in e Land o Farlies,
Alice in Caithness Scots, tr. Catherine Byrne, 2014

Alice's Adventirs in Wunnerlaun,
Alice in Glaswegian Scots, tr. Thomas Clark, 2014

Ailice's Anters in Ferlielann,
Alice in North-East Scots (Doric), tr. Derrick McClure, 2012

Throwe the Keekin-Gless an Fit Ailice's Funn There,
Looking-Glass in North-East Scots (Doric), tr. Derrick McClure, 2020

Alice's Adventirs in Wonderlaand,
Alice in Shetland Scots, tr. Laureen Johnson, 2012

Ailice's Aventurs in Wunnerland,
Alice in Southeast Central Scots, tr. Sandy Fleemin, 2011

Ailis's Anterins i the Laun o Ferlies,
Alice in Synthetic Scots, tr. Andrew McCallum, 2013

Alice's Carrànts in Wunnerlan,
Alice in Ulster Scots, tr. Anne Morrison-Smyth, 2013

Alison's Jants in Ferlieland,
Alice in West-Central Scots, tr. James Andrew Begg, 2014

Alice muNyika yeMashiripiti,
Alice in Shona, tr. Shumirai Nyota & Tsitsi Nyoni, 2015

Алисаның қайғаллығ Чериндə полған чоруқтары (Alisanıñ qayğallığ
Çerinde polğan çoruqtarı), *Alice* in Shor, tr. Liubov′ Arbaçakova, 2017

Alis bu Cëlmo dac Cojube w dat Tantelat,
Alice in Ṣurayt, tr. Jan Beṭ-Ṣawoce, 2015

Alisi Ndani ya Nchi ya Ajabu, *Alice* in Swahili, tr. Ida Hadjuvayanis, 2015

Alices Äventyr i Sagolandet, *Alice* in Swedish, tr. Emily Nonnen, 2010

www.ingramcontent.com/pod-product-compliance
Lightning Source LLC
Chambersburg PA
CBHW022052050726
47591CB00002B/505